길을 가면 길이 보인다

길을 가면 길이 보인다

강창민 지음

평민사

나를 주어로 생각하는 삶을 얻어야 합니다.
나를 찾으려면 우선 내 이야기를 해야 합니다.

지식이란 쓰기는 내가 써도 내 것이 아닙니다.
지식을 통하여 지적인 품성을 얻을 수 있어도,
지혜를 깨우치기 위해서는
바로 내가 그렇게 되어야 합니다.

지금 일으키는 한 생각이 지금의 인생을 만든다면
바로 한 생각이 한 인생인 것입니다.

알고 보면 내 곁에 있는 모든 것과
내 곁에서 일어나는 모든 일은 다 소중하고 귀합니다.
어느 하나도, 한 순간도 버릴 것이 없습니다.

책머리에

세상에는 참으로 다양한 삶이 있습니다.

그 삶의 공통점은 '고통' 입니다. 수많은 사람들이 인생의 길에서 고통스러워합니다. 그리고 그 고통에서 벗어나고자 몸부림치고 있는 듯이 보입니다. 그러나 사실은 그렇지 않습니다. 우리가 고통에서 벗어나려고 애쓰는 듯이 보이지만 실제로는 그 고통을 즐기고 있다는 사실을 우리 자신이 모르고 있습니다. 고통과 즐거움이, 고귀함과 천박함이, 선과 악이 뗄 수 없이 뒤섞여 있고, 욕망과 감정과 잡념에 휩싸여 지금 우리 자신이 무엇을 하고 있는지 전혀 알지 못합니다. 한 걸음만 뒤로 물러나 자신이 살아온 삶을 톺아보면 행복하게 건강하게 잘 살려고 노력한 만큼 오히려 우리 인생을 망가뜨렸다는 것을 깨닫을지도 모릅니다.

그렇습니다. 우리가 진정으로 그 고통에서 벗어나고자

했다면 벌써 오래 전에 그 길을 찾아 나섰을 것입니다.

그러나 이 길은 언제라도 출발할 수가 있습니다.

이 길은 길에 나서야만이 길이 보이고, 길을 떠나야만이 길을 찾을 수 있는 그런 길입니다. 길을 떠나지 않고서는 아무 것도 얻을 수 없습니다. 우리가 쌓아놓은 수많은 지식이 다 헛될 뿐입니다. 그 지식은 길을 떠나는 사람을 위해 준비된 것이었습니다.

행장을 꾸리고 대문을 나서서 목적지를 정해 걸음을 걷기 시작하는 순간 출발이 이루어집니다. 머릿속에서 뒷산에 백 번 올라가보았자 아무 소용이 없습니다. 오히려 간듯한 착각 때문에 더 깊은 인생의 수렁에 빠져들어갈지도 모릅니다. 그것은 지식의 길이 아니라 지혜의 길이기 때문입니다.

이 작은 책이 길을 가는 이들의 길잡이가 되고, 길을 떠나려는 이들의 등을 떠밀어주는 따뜻한 손길이 되기 바랍니다.

2001년 4월

길을 가면 길이 보인다

차 례

제1장 열려 있는 문 ⸻ 11

제2장 세상 모두가 내 모습 ⸻ 47

열려 있는 문

열려 있는 문

처음부터 그 문은 잠겨져 있지 않고
그냥 살며시 닫혀 있었습니다.

옛날 중국에 어떤 무술의 달인이 있었습니다. 이 사람이 장풍을 날리면 웬만한 담벼락은 그냥 뚫렸습니다.

하루는 이 사람이 재주를 뽐내어 스스로 사방이 쇠로 된 방에 들어갔습니다. 그런데 그 방의 벽은 아무리 장풍을 날려도 꼼짝도 하지 않았습니다. 벽은 점점 더워져 벌겋게 달아오르고, 온몸에 땀은 구슬처럼 흘러내리고 젖 먹던 힘까지 다 쏟았지만 벽은 무너질 줄 몰랐습니다.

이제는 창피를 무릅쓰고 문고리가 있으면 그것이라도 부수고 나갈 텐데 문고리조차 없었습니다. 더는 견딜 수 없어 죽더라도 문 앞에 가서 죽기로 하고 원망이 가득 찬 마음으로 그만 퍽 하고 쓰러지며 문에 부딪쳤습니다. 그 순간 문이 활짝 열렸습니다.

처음부터 그 문은 잠겨 있지 않았고, 그럴 필요도 없었기 때문에 문고리가 없었습니다. 그냥 살며시 닫혀져 있었던 것입니다.

이렇듯 스스로 정해놓은 알음알이 속에서 일으킨 욕심이 파멸을 불렀고, 그 욕심에서 생긴 업심은 그냥 닫혀 있는 문도 열지 못하게 하였습니다.

욕심으로 인한 괴로움도, 잠기지도 않은 문 앞에서 스스로 고통에 휩싸이는 마음도 내가 모든 것을 먼저 정해 버리는 데서 오는 것입니다.

모든 것을 내 스스로 정해버림으로써 얼마나 많은 세월을 무의미하게 마구 괴로워하며 헛되게 살아가는지 모릅니다.

모든 지혜를 다 가지고도 안 될 때는 한 가지 지혜를 더 얻으면 됩니다.

"내가 지금 아는 것으로는 아무런 해결도 할 수 없다"

라는, 그것을 깨달으면 됩니다.

그러면 그 순간 우리는 반드시 '누군가'와, '무엇인가'와 만나는 한 점을 발견합니다. 바로 거기에서 우리는 답을 구할 수 있습니다.

개 때문에 잠 못 드는 인생

. . . .

내가 정하고 내가 고통받는다는 것을 알기만 하면
고통에서 벗어나는 문을 들어서게 됩니다.

어느 날 한 분이 찾아와 스승에게 고민을 상담합니다.

"저는 신경이 예민하여 동네 개 짖는 소리에 잠을 못 자
늘 피곤하고 자꾸 신경질이 납니다."

스승이 대답합니다.

"물론 그렇습니다. 누구나 개 짖는 소리에 화가 날 수도
있고 신경질이 나기도 합니다. 그러나 개 때문에 잠을 못
자고 생활의 균형이 깨져버린다면, 사실이 그렇다고 해도,
만물의 영장인 인간으로서 뭔가 한심스럽다고 하지 않을
수 없을 것입니다.

개 때문에 잠을 못 이루고 개를 상대로 밤새 짜증내고 화

를 냈다면 내 인생이 개한테 달려 있다고 봐야 하니 더욱 더 우스워지겠지요. 개가 짖지 않으면 나는 편히 잠을 자고 개가 짖으면 나는 잠을 설칩니다. 잠을 편히 자고 마음의 안정을 얻으려면 개한테 가서 싹싹 빌어야 하나요?

개 짖는 소리 때문에 화가 났다고 해도 그 화는 자기 속에서 일어난 것입니다. 이와 반대로, 예쁜 꽃 한 송이를 보고 아름다운 마음을 가졌다면 이 또한 자기 속에서 일어난 것입니다.

그러므로 감정은 바로 누구 것도 아닌 내 것을 내가 드러낸다는 것입니다.”

그 분은 스승이 하는 이 말뜻을 다 이해했으나, 그 이튿날도 역시 잠을 자지 못했습니다. 말뜻을 이해해도 잠을 못 자니 문제입니다.

그 분은 평소 어떤 욕심을 채우지 못해 화가 나 그걸 궁리하느라고 잠을 이루지 못하고 있는 차에 개가 짖자 개한테 걸고는 화를 낸 것입니다. 화내는 마음의 근원을 찾으려는 노력은 하지 않고 다시금 개 짖는 소리가 들리자 또 화를 내버립니다.

우리 마음에서는 누가 준다고 해서 받을 수 없고 없애준다고 해서 사라지는 것이 아닙니다. 그 분이 스승의 말씀을 듣고 한번 찬찬히 생각해보면 내가 내고 있는 화의 근원을 찾을 수 있을 터인데도, 그 한번을 생각지 않고 동네 개만 가지고 짜증을 냅니다.

이미 결과가 나왔는데도 아직도 내 욕심을 부리고 있습니다. 화를 내는 것이 악업의 과보인 줄 모르고, 어리석게도 계속 욕심을 부려 잠 못 자는 벌을 받고 있습니다.

계속 욕심을 부린다면 그 욕심에 비례한 화와 불면으로 마침내는 죽음에 이르는 병을 얻게 될지도 모릅니다. 끝까지 옳지 않은 욕심임을 깨닫지 못하고 그 욕심을 놓지 못하면, 욕심은 병고와 괴로움 덩어리가 되어 죽음으로써나 욕심에서 놓여나게 될지도 모릅니다.

그렇습니다. 우리는 자기 스스로 정한 알음알이, 자기만이 옳다고 고집하는 독불의 진리 속에서 마냥 살아가고 있습니다. 모든 것은 다 내가 갖춘 것이어서 욕심만 놓으면 고통에서 벗어날 방법을 쉽게 찾을 수 있는데, 내가 정한 줄도 잊고 제 인생을 어렵게 만들어 고통받고 있습니다.

바로 이것을,
"그렇구나!" 하고 아는 순간 고통에서 벗어나는 문을 들어서게 됩니다.

조기 두 마리

**고기를 뱃속에 넣고 오면 괜찮고
봉지에 넣어서 들고 오면 왜 안 되나요?**

절에 열심히 다니는 어떤 부인이 어느 날 절에도 가야 하고, 시어머님 생신에도 가야 했습니다. 그래서 시장에 들려서 무심코 조기 두 마리를 사가지고 우선 절에 갔습니다.

법당에 퍼지는 생선 냄새 때문에 사람들이 쳐다보자 부인은 뒤늦게 자신의 잘못을 깨닫고 스님께 용서를 구했습니다.

"절에 생선을 가지고 오다니 크게 잘못되었습니다. 용서해주십시오. 어떻게 잘못을 참회할 수 있겠습니까?"

그러자 스님이 묻습니다.

"절에 생선을 가지고 오는 것이 왜 잘못되었습니까?"

"절에 생선이나 고기를 가지고 와서는 안 되는 줄 알고 있습니다."

스님은 그 곳에 모인 신도들에게 물었습니다.

"오늘 아침에 고기가 든 반찬을 먹지 않으신 분은 손을 들어 보십시오."

아무도 손을 드는 사람이 없었습니다.

스님은 다시 물었습니다.

"고기를 가죽 주머니인 뱃속에 넣어 오면 괜찮고 봉지에 넣어서 들고 오면 안 된다는 것은 어느 법입니까? 고기보다도 더 더러운 똥도 뱃속에 넣어가지고 오는데 생선 두 마리를 들고 온 것이 뭐가 잘못되었습니까?"

이제 생선을 가져온 부인은 절에 생선 두 마리 들고 들어온 것이 잘못인지 아닌지 알 수 없게 되어 버렸습니다.

"신성한 도량을 훼손시켜서 잘못되었습니다."

이 말에 스님은 다시 물었습니다.

"법(法)은 불구부정(不垢不淨)이라, 더러움과 깨끗함을 초월해 있어 더러워지거나 없어지는 것이 아닌데 어찌 생선 두 마리에 신성스러운 도량이 훼손되었다고 그러십니까? 만약 그렇다면 그런 법을 지켜서 무엇을 얻겠습니까?"

뭔가 잘못이 있는 것 같은데 이것도 저것도 아니라고 하니 정말로 낭패였습니다.

그 생선을 들고 올 때는 분명한 명분이 있었습니다. 절에 가서 부처님께 예배를 하고 스님도 뵙고 법문도 듣고 나서 시어머님 생신 잔치에 가려는 것이었습니다.

이제 큰 일이 났습니다. 잘못을 바로 알아야 참회를 할 텐데 그 잘못을 어디서도 찾아볼 수가 없으니 잘못을 지울 수 없게 되었습니다.

기도하고 부처님 법을 배워 깨우치겠다는 사람은 잘못을 저지르면 얼른 그 대가를 치러 잘못을 참회하는 것이 바람직하다는 것을 압니다. 그런데 분명히 잘못하기는 했는데 그 잘못을 알아야 지울 수가 있지 않겠습니까?

그 부인은 무엇을 잘못했을까요?

잘못이 없다니 앞으로는 절에 올 때 갈비짝을 들고 다녀도 괜찮다는 말입니까? 그런 말은 아니겠지요?

그러면 도대체 무엇이 잘못일까요?

잘못을 인정하는 순간

내 잘못의 원인을 남에게 두어서는
그 잘못을 없앨 길이 영원히 없습니다.

어떤 분이 모임에 가서 무심코 털썩 앉다가 그만 남의 녹음기를 망가뜨려 버렸습니다.

그 사람은 주위의 눈치를 보며 불안해 합니다.
왜 눈치를 보며 불안해 할까요?
아마도 변상은 해야 되는데 비싸면 어쩌나 하는 마음과, 그냥 모른 체하고 싶은 마음 때문일 것입니다.
사람들은 대개 그런 경우에 당연히 물어줘야 된다는 착한 마음을 지니고 있을 것입니다. 그러나 이것은 체면의 겉마음(識)이고, 속마음(性裏)에서는 물어주기 싫어할 것입니다.
만약 그 사람이 그런 경우에 자기의 잘못을 당당하게 말하며, 용서를 구하고 가격이 얼마나 됐든지 꼭 물어주겠다는 의지를 분명하게 가지고 있다면 눈치를 보거나 불안해할 필요가 없습니다.

사람은 누구나 알고 행하거나, 잘못인 줄 알면서도 어쩔 수 없이 행한 일에 대해서는, 자신의 잘못을 마음에서 인정합니다. 그러나 모르고 본의 아니게 저지른 잘못에 대해서는, 잘못했다는 의식이 있어도 저지른 만큼 조복치 못합니다.

이 차이 속에 바로 남을 해치려는 마음이 자리잡게 됩니다. 이 해치려는 마음이 일어나면, 과거에 남을 해치고 나서 자기가 받았던 벌에 대한 두려운 기억이 떠오르게 되어 불안해 합니다. 그러면 대부분은 이 불안을 감추기 위해서 짐짓 태연한 체하거나, 아니면 더 크게 대들게 됩니다.

이 경우에 그것을 처리하거나 드러내는 반응을 보면 그 사람의 일 처리 방식 또는 그가 지니고 있는 업의 줄기를 알 수 있습니다.

평소에 남과 잘 다투고 걸핏하면 남을 원망하여 원심이 마음에 가득 찬 사람은,

"어떤 사람이 여기다 이런 것을 두었지?"

하며 오히려 큰소리치며, 자신이 잘못해 놓고도 피해를 당한 사람을 더 몰아세울지도 모릅니다.

평소에 남의 것을 넘보아 내 마음속에 욕심이 끊이지 않던 사람은,
"어머 어쩌나, 어떻게 하나? 이를 물어 줘야 하나 말아야 하나?"
하며 이리저리 궁리를 하며 눈치를 보고 피하려는 제 마음을 감추기에 바쁠 것입니다.

평소에 남을 잘 속이고 남의 눈치를 살펴 요리조리 임기응변을 쓰는, 마음에 항상 수심이 가득한 사람은 아마도,
"어쩌나, 이걸 어떻게 하나?"
하며 안절부절 당황하는데, 마치 자기가 방금 헐뜯고 비난했던 바로 그 사람이 자기 앞에 나타난 것처럼 허둥댈 것입니다.

평소에 삿된 마음을 품고 살며 항상 맺히고 응어리진 마음으로 비틀린 삶을 살아온 사람은,
"누가 이런 데다 이런 것을 놓아 사람을 골탕 먹이나!"
하며, 잘못의 소재를 비틀어 자기가 일으킨 일을 남에게

뒤집어씌우며, 바르지 못한 비틀어지고 옹이진 감정으로
대응할지도 모릅니다. 이는 마치 사랑받지 못한 큰 부인이
작은 부인에게 시기 질투하는 비비꼬인 말투와도 같을 것
입니다.

평소에 술 먹고 놀기 좋아하는 사람은 무엇에 취하여 지
금 무슨 일을 저질렀는지도 모르고,
"어어, 이게 뭐야, 녹음기잖아! 부서져 버렸네, 누가 이랬
지?"
하며, 대수롭지 않게 남의 귀한 물건을 가지고 놀고 있을
지도 모릅니다.

이처럼 한 가지 일이 벌어져도 우리 마음이 도망갈 곳은
여러 갈래가 있습니다. 그러나 자기가 아무리 멀리 도망가
도 그 과보는 항상 자신을 떠나지 않습니다.
업을 인정하지 않고, 어떻게든 응보를 잘 받아내지 않고,
잘못의 대가를 치뤄 지우지 않겠다는 마음이 자신의 인생
을 더 큰 괴로움의 늪으로 밀어 넣습니다.
잘못은 항상 일어나게 되어 있습니다. 그러나 무엇보다
도 큰 잘못은 자기가 지은 잘못의 결과를 보고서도 떳떳하
게 인정하지 않고 계속해서 남을 해치고, 빼앗고, 속이고,

삿되게 비틀고, 슬쩍 도망쳐 버리며 옳지 못한 인생을 살아 갑니다.

잘못을 잘못이라고 인정한 순간 더 이상의 잘못은 없어 지게 됩니다. 그렇게 하면 지금 받는 괴로움(잘못의 응보) 이 바로 내가 이 생에서 어떤 일로 받는 과보의 끝을 이루 게 되며, 다시는 그런 일을 되풀이하지 않을 뿐더러 오히려 복을 누리게 됩니다.

그런데 그 잘못을 바르게 지우지 못하고, 그 잘못으로 인 연하여 다른 잘못을 또 일으킨다면 잘못은 끝이 없게 됩니 다. 내 잘못의 원인을 남에게 두어서는 그 잘못을 없앨 길 은 영원히 없습니다. 남이 내 인생의 주인이기 때문입니다. 그 잘못의 원인을 내 속에 두고 찾아야만이 그것은 내 안에 서 내 것으로 남아, 내가 쉽게 그 잘못을 지울 수 있을 것입 니다.

화 내는 방법

화날 때 화를 잘 낼 줄 알면
즐겁지 않을 때도 즐거워할 줄 알게 됩니다.

화가 날 때 화난다고 인정하면 쉬운데, 인정을 않고 억지로 시치미를 떼고 웃으려고 하면, 괴로움에 싸여 웃음이 나오기는커녕 더 화가 치밉니다.

왜 그럴까요?

스스로 화를 만들어놓고도 그 화가 다른 사람 때문에 났다는 것을 당연하게 여깁니다. 그리고 화내는 것이 나쁘다고 얼굴이 시뻘겋게 되어 억지로 참고 있습니다. 화가 왜 나고, 화가 무엇인지에 대한 의식조차 없는 채로 곧바로 화덩어리 인생을 살고 맙니다.

진짜 화날 때 화를 잘 낼 줄 알면, 즐겁지 않을 때도 즐거워할 줄 알게 되어 새로운 즐거움을 찾을 수도 있습니다.

그런데 화가 날 때 바르게 화내는 방법을 모르면 그냥 상황에 맞춰서 무턱대고 참으려니 괴롭고, 나아가 온갖 병고와 재앙까지도 불러오게 됩니다.

“아니, 화난다고 화를 내고 살면 되나요?”
“왜, 화를 내면 안 되나요?”
“화를 내면 남이 나 때문에 괴롭잖아요.”
“그렇다면 남에게 괴로움을 주지 않기 위하여 화를 안 내시는 분의 마음에 왜 괴로움이 남아 있나요?”
“그렇게 안 되는 것을 어떻게 합니까?”

왜 착한 일(남을 위하여 나의 괴로움을 참는 일)을 하면 착한 마음(즐거움과 기쁨)이 생겨야하는데 그렇지 못한 나쁜 마음(괴로움)이 생기는 것일까요?

우리가 살아가면서 착한 행위를 하면 반드시 착한 결과를 가져오는 것 같지만 사실은 그렇지 않을 때가 있고, 또 나쁜 행위가 다 나쁜 결과를 가져오는 것 같지만 사실은 다른 결과가 올 때도 있습니다.

위의 도표는 '긍정'과 '부정'에 대한 것입니다.

우리의 감정은 긍정하면 기쁘고, 부정하면 괴롭습니다. 선한 일을 하고도 부정하면 괴롭고, 악한 일을 하고도 긍정하면 기쁩니다. 곧, 그 감정이 선하고 악함의 바로미터가 되는 것이 아닙니다.

화는 내가 부정하는 만큼 납니다. 부정은 누가 하나요?

그러므로 화의 원인은 내게 있습니다. 화가 나면 내가 부정하고 있다는 것을 알고, 화를 내기 싫다면 얼른 긍정하는 마음으로 바꾸면 됩니다. 비록 그 마음을 바꾸지 못해 화를 내더라도 내가 화를 내기 위해 부정하고 있다는 것을 인정하면, 내가 괴롭고 상대가 괴로워지는 화내는 일이 줄어들 것입니다.

그리하면 즐겁지 않을 때도 즐거워할 줄 알게 되어 새로운 즐거움을 찾을 수도 있습니다.

긍정하기만 하면 인생은 새로운 즐거움으로 내 스스로
가득 채울 수 있습니다.

이 몸이 누구인고?

오늘 하루 동안 나는 남을 칭찬하고 사랑하고 긍정하고
인정해주는 말을 얼마나 많이 했나요?

어떤 사람은 스스로 잘못이 없는데도, 또는 내가 잘해주
어도, 남편이 나에게 불평하고, 자식이 대들고, 시어머니가
나를 못살게 굴고, 친척들이 나를 헐뜯고, 만나는 사람들도
나만을 탓하고, 하는 일마다 안 된다고 하소연합니다.

"아이구 내 팔자야, 인복도 지지리도 없어!"

이렇게 괴로워하며 한탄합니다. 이럴 때 한탄하기를 잠
깐 멈추고 간절한 마음으로 이렇게 한탄하는 그 몸이 누구
인가를 찾으면, 그 한탄과 괴로움은 사라집니다.

아무리 생각해도 내가 잘못한 기억이 없다고 하더라도
과거에 지어놓은 어떤 일의 과보가 지금 남편과 자식, 모든

권속, 또 내가 하는 모든 일에서 드러나고 있습니다. 지금 당하고 있는 괴로움의 과보를 그만 받고 좋은 인자를 심기 위하여,

"괴로워하는 나는 누구인가?"

하는 마음의 우산을 펴야 합니다.

또 사람들은 한편으로는 잘하면서도 다른 한편으로는 미워하는 마음을 내는데, 이것이 스스로 심은 복덕을 스스로 소멸시키는 마음입니다.

내가 아무리 잘해주었다 하더라도 상대가 나의 전체를 다 좋아할 수는 없습니다. 아내가 잘해주는 데도 남편이 불평한다면 그만큼 내 복이 없는 것으로 보고 잘해주는 쪽은 놓고,

"불평 받는 것은 누구인가?"

하면서 그 불평이 사라질 때까지 열심히 찾아보아야 합니다.

우리는 세상을 살아가면서 복을 짓기보다는 업을 짓는 일이 더 많습니다. 그러므로 복을 지으려 하기보다는 남에게 못할 일을 하지 않는 것이 더 중요합니다.

스스로 열심히 바르게 살아간다고는 하여도 스스로 하루 동안 살면서 한 말을 돌이켜볼 필요가 있습니다.

“오늘 하루 동안 남을 칭찬하고 사랑하고 긍정하고 인정 해주는 말을 얼마나 많이 했나?”

“남을 싫어하고 시기하고 질투하고 부정적인 말을 많이 했나?”

잠시 생각해보면 하루의 손익 계산이 나옵니다.

대개는 긍정보다는 부정, 믿음보다는 불신 같은 말들이 더 많습니다. 그러니 바르게 산다고 노력하여도 괴로움은 항상 따르게 됩니다.

어떤 사람은 말합니다.

“나는 화를 안 내려고 하는데 자주 화를 내게 되고, 거기 다가 나도 모르게 자주 바보짓을 하게 되어 더더욱 화가 납 니다.”

바로 이 자체가 욕심입니다.

과거에 어떤 욕심을 달성하기 위해 내 몸을 바쳐 희생하 고 베풀기는커녕 남의 것을 빼앗고 훔치고 배반하고 비난 한 죄업의 대가가 이제는 자신이 그만 받으려고 하여도 밀 려들고 있음을 알아야 합니다. 그 순간 바로 그 몸을 찾아,

“이 놈이 누구인가?”

하고 찾으면서 이제는 남을 위하여 좋은 뜻으로 살게 되

면 화는 적어도 사라지게 됩니다.

그러나 만약 이 화나는 것 자체가 응보를 받는 삶인 줄 모르고 화 안 나는 쪽만을 택하려고 한다면 이 또한 화를 피하려는 욕심의 죄업을 하나 더 추가한 셈이니 화는 떠날 날이 없습니다.

사람은 잘못을 수없이 반복하며 살아가고 있습니다. 그러나 잘못을 일으키는 '그 몸'을 바로 보지 않고 오직 잘못 그 자체만을 안 일으키겠다는 욕심을 앞세우게 되면 영원히 그 잘못에서 벗어날 수가 없습니다.

바로 그 순간에 잘못을 인정하여 자신에게 닥친 과보를 긍정하고 순응하여 공손히 받으면서 속으로 이 잘못을 일으키는 '그 몸'을 깨우치려고 들면 곧바로 과거 업으로부터 벗어나게 됩니다.

또한 자기를 미워하고 자기를 헐뜯는 사람이 있다면 그 사람의 본래 성품을 사랑하고 존경하면 그 업에서 벗어날 수 있습니다. 나를 해치는 사람을 지극히 존경하는, 긍정적인 단어로써 염송하면 설령 상대가 내게 미운 감정을 보낸다고 하여도 상대는 나의 지나간 업을 내 대신 청소해주는 고마운 사람이 됩니다. 그리고 나는 계속하여 남의 성품을 통하여 나의 참된 마음을 찾아가게 되니 조만간에 서로 환한 얼굴로 한마음이 되어 만나게 됩니다.

이러한 힘은 항상 무엇에도 속지 않고 내 자신의 참된 성
품을 찾아가는 힘이 됩니다.

내가 참되게 믿으면서 참된 나를 찾으려고 노력한 만큼
그 믿음의 힘은 반드시 참된 인생을 누릴 수 있게 해 줄 것
입니다.

떨어진 돈

남을 부처로 보는 사람 속에는 부처님이 계시어
언젠가는 나를 깨우침의 길로 인도하십니다.

선생님과 아이 몇이 길을 가고 있습니다.
길에 만원자리 석 장이 떨어져 있는 것을 보았습니다.
선생님은 이를 보고 묻습니다.

"자, 이 돈을 어떻게 해야 옳을까?"
"이 길은 외진 길이라 주인 찾기가 힘들 테니 주워서 좋은 일에 쓰겠습니다."
"결국은 남의 돈을 네가 쓰고 싶은 데에 쓰겠다는 이야기구나!"
"……"
"그건 남의 것을 훔쳐서 제 멋대로 쓰는 도둑질이야."

또 한 아이가 말합니다.

"주워서 경찰서에 갖다주겠습니다."

"왜 주워서 경찰서에 가져다주지?"

"여기 그대로 두면 누가 주워가버릴지 모르거든요."

"결국은 남들은 전부 못된 도둑 같은 사람들이라 네가 주워서 처리하지 않으면 안 된다는 이야기구나. 남을 부처로 보는 사람 속에는 항상 부처님이 계시어 언젠가 나를 깨우침의 길로 인도하시고, 남을 도둑으로 보는 사람 속에는 항상 도둑이 들어 언젠가 나를 남의 물건 훔치는 도둑으로 만든다."

또 한 아이가 말합니다.

"선생님, 그러면 그냥 두고 가겠어요."

"만약 비라도 오고 짐승의 발길에 이 돈이 못 쓰게 되어버린다면, 남의 것이라고 마구 못 쓰게 만드는 것과 다르지 않겠지."

자, 이렇게 되니 이제 아이들은 어떻게 하는 것이 옳은지 알 수 없게 되어버렸습니다.

밖으로 짓는 업은 몸으로 짓는 것(身業), 입으로 짓는 것(口業), 뜻으로 짓는 것(意業)인데 이를 보는 마음은 사람마다 수천 가지입니다. 마치 도둑은 한 가지이나 도둑질하는 방법은 수천 가지 되는 것과 같습니다.

어떤 마음으로 이 물건의 주인을 찾아주어야 할까요?
남을 것을 훔치는 마음(偸盜心)을 버리지 않고는 답을 얻기가 어렵습니다.
‘투도’는 남의 것을 내 것처럼, 주지 않는 물건도 내 것처럼 여기는 마음에서 이루어집니다. 내 것도 남의 것처럼, 남의 것은 더욱 당연하게 남의 것으로 여기는 마음이 중요합니다.
투도심은 오직 버리는 마음, 베푸는 마음, 주는 연습을 통하여 사라지게 됩니다. 내 마음 속에서 ‘베푸는 마음’을 일으켜 나감으로써 물질 속에 살아도 물질을 벗어나 물질에 구애됨이 없이 자유롭게 살아갈 수 있습니다.

자, 그러면 어떻게 하는 것이 가장 지혜로울까요?

오천 원짜리 인생

깎다가 안되면 그 물건이 더 비싸고 좋은 물건이라고
생각하고 편히 베푸는 마음으로 더 주고 사는 것이
내 인생에 이롭습니다.

어떤 사람이 물건을 사러 가서 흥정을 합니다.
"이것, 얼마예요?"
"십이만 원입니다."
"십일만 원만 해요."
"안 됩니다. 십일만오천 원까지 드리겠습니다."

한동안 실랑이를 하다가 결국은 사지 않았습니다. 아주
마음에 드는 옷이었으나 오천 원 때문에 기분이 상하여 포
기하였습니다.

어쩌면 이 사람을 오천 원을 아낀다고 하면서, 사실은 오

천 원 때문에 갖고 싶은 십이만 원짜리 옷 한 벌을 사라지게 만든 게 아닐까요?

여기서 중요한 문제는 갖고 싶은 것을 얻기 위해서 십일만 원을 쓸 수 있는 사람이 단돈 오천 원을 아끼는 그 마음입니다. 오천 원 때문에 십이만 원짜리 갖고 싶은 옷을 갖지 못한다면, 두 금액을 비교해 보아도 어리석은 일이라는 것을 알 수 있습니다.

이 오천 원 때문에 손해 보는 것은 이 옷 한 벌뿐만이 아닙니다. 갖고 싶은 것을 오천 원 때문에 못 갖고 돌아오는 마음은 괜히 짜증스럽고 편치가 못합니다.

집에 돌아왔습니다. 평소 같으면 아무렇지도 않던 일에도 짜증을 마구 내어 아이들을 불안하게 만듭니다. 퇴근한 남편도 우울한 아내의 심기를 다칠까봐 눈치를 살핍니다.

오천 원 때문에 돈으로 따져서 살 수 없는 가족의 단란함을 얼어붙게 만들어 버렸습니다. 아마도 이 사람은 십이만 원짜리 물건 갖는 재미보다는 오천 원 깎는 재미가 더 컸는지도 모릅니다.

잘못하면 인색한 사람이라는 소리를 듣게 됩니다.

자기가 원하는 물건을 구해준 사람에게 선심 쓴다고 오천원을 주었다면 아마도 마음씨 좋은 사람이라는 말을 들었을 것입니다.

　물건값은 너무 깎기만 해도 안 됩니다. 사고 싶어 깎다가도 안되면 더 주는 마음으로 사야 됩니다. 그냥 이 물건은 더 비싸고 좋은 물건이라고 생각하고 편히 베푸는 마음으로 더 주고 사는 것이 내 인생에 이롭습니다.
　어쨌든 오천 원을 인심 쓰듯 더 주었으면 이 오천 원 때문에 기분이 상할 일은 없었습니다. 오천 원 더 준 것보다 자기가 갖고 싶었던 것을 얻은 기쁨이 더 큽니다.
　집에 돌아오는 마음은 마냥 가볍고 즐겁습니다. 평소 같으면 짜증날 일도 기쁘고 즐거운 마음으로 대합니다.

　남편이 돌아왔습니다. 오늘은 괜히 기분이 좋아 평소보다 더 잘 대해 줍니다. 오천 원을 더 베푼 덕분으로 돈으로 살 수 없는 한 순간의 가족의 행복을 누리게 됩니다.

도둑은 도둑

친구 속에 돈을 담았나요,
아니면 돈 속에 친구를 담았나요?

20년 가까이 교편을 잡고 있던 선생님 한 분이 계셨는데, 그만 어쩌다가 남의 물건을 훔치다가 잡혀서 감옥에 들어가게 되었습니다. 그러자 주위 사람들을 분노하고 증오하고 미워하면서 온갖 험한 소리들을 다 합니다.

선생님이 아니니까

그 소리를 들은 스승이 묻습니다.
"왜 그처럼 그를 욕하십니까?"
"아니, 선생님이란 사람이 그럴 수가 있어요?"
"선생님이 왜 도둑질을 합니까? 도둑이 도둑질을 했겠지요?”

선생님은 사람을 바르게 가르치는 사람이고, 도둑질을
하는 사람은 도둑일 따름입니다. 그런데 속마음에서는 선
생님이 아이들을 가르칠 때도 도둑질을 가르치는 것이 아
닌가 하고 착각하는 어리석음에 빠져 도둑을 도둑으로 바
로 보지 못하고, 오히려 이 일을 이용해서 평소 자기 욕심
에 차지 않는 선생님에 대한 불만을 간접적으로 드러내고
있는지도 모릅니다.
만약 자기와 가까운 사람이거나 자기와 뜻이 잘 맞거나
자기 아이를 사랑해주었던 선생님이 그랬다면 아마도,
“그 선생님께서 왜 그랬을까? 거기에는 필경 말 못할 남
모를 사정이 있을거야”
하며 동정을 했을지도 모릅니다.

스님이 아니니까

신문에 난 기사를 본 어떤 사람이,
“아니, 스님이 고기를 먹고 술을 마시고 여자랑 여관에서
잠을 잘 수가 있어요? 어떻게 스님이 그럴 수가 있습니까?”
하며 마치 자기 남편이 바람피우고 못된 짓을 한 것처럼

진심으로 분노하기도 합니다.

그때도 대답은 하나입니다.

"스님이 아니니까 그랬겠지요."

또 신문 기사에 난 살인 사건을 보고 말합니다.

"목사가 사람을 죽여도 됩니까? 목사가 그래도 됩니까?"

스님이 어찌 계행을 어기고 술 먹고 나아가 남의 여자와 잠까지 잘 수 있으며, 목사가 어떻게 사람을 죽이겠습니까? 목사 아닌 사람이 밥 벌어먹기 위해 목사인 양하며 살다가 그런 것이고, 스님 아닌 사람이 스님 행세하며 밥 벌어먹고 살다가 그런 것이겠지요.

이는 마치 도둑이 도둑질을 하기 위해 경찰옷을 입었다고 그 본질은 보지 못하고 끝까지 경찰로만 보고,

"경찰이 이래도 되나?"

하고 분노하는 것과도 같습니다.

수행자가 계를 어기면 그 지위를 잃게 되어 마치 자기 목숨을 스스로 끊는 것과 마찬가지입니다. 따라서 선생님도 도둑질을 하여 그 사회적 공분에 맞지 않으면 스스로 선생님의 지위를 버리고 도둑으로 전업하는 것과 같습니다.

선생님이라도 도둑질을 했으면 도둑일 따름인데, 굳이 선생님이라 못박아 놓고 선생님이 도둑질까지 한다고 분개

하고 더 나아가 세상 원망과 세상 탓까지 하며 자기 뜻대로 못 살아온 세상에 대한 감정풀이를 마구 하게 됩니다.

문제를 해결하려면 스스로 착각 속에서 화를 내고 있는 내 어리석음(치암심)을 바로 보아야 합니다.

왜 병이 생겼는지를 모르는데 어떻게 병을 다스릴 수 있겠습니까?

스스로 악을 선이라 정해놓고 그 속에서 괴로워하는 어리석음으로부터 벗어나려면, 선하게 살려는 내 의지와는 달리 선을 이루어나가기 위해 나도 모르게 짓는 악업을 바로 보아야 합니다.

가까운 사람끼리 다툼이나 언쟁을 벌일 때도 그 목적은 서로 더 좋아지고, 더 잘하기 위해서입니다. 그러나 정작 짓는 업들은 서로 얼굴을 구기고 큰소리치며 서운한 말이나 원심을 쌓을 말조차도 서슴지 않을 때가 많습니다.

이는 스스로 선한 목적 뒤에 악업을 숨기는 어리석음을 범하기 때문입니다. 이렇게 살다 보면 어떤 것이 선인지 어떤 것이 악인지 혼돈에 빠지게 됩니다.

"내 마음이 착하니 짓는 업이 악해도 나는 착한 사람인가?"

"내 마음은 사악해도 짓는 업이 선하니 나는 착한 사람인가?"

옳지 못한 마음을 바탕으로 두거나, 바르지 못한 업을 지으면서도 어리석게도 착한 인간 놀음을 하려고 합니다.

이는 착한 것이 아닙니다. 내 마음이 착하면 짓는 업도 착하고 짓는 업이 착하면 모든 것이 원만하고 구족합니다.

친구가 아니니까

친구가 내 귀중한 돈 천만 원을 떼어먹고 소리도 없이 도망을 가서 자취조차 없을 때,

"믿었던 친구가 어떻게 나를 그렇게 배반할 수가 있나?"

하며 마구 원수를 대하듯 원망하기 시작합니다.

어찌 친구가 친구를 배반합니까? 친구가 아닌 원수니까 은혜를 갚기는커녕 자기를 수렁에 몰아넣은 것입니다. 그렇다면 정말 큰일이 날 뻔한 줄 알아야 합니다. 그를 끝까지 친구로 알고 속았다면 더 큰 것을 잃었을지도 모릅니다. 그 정도로 끝난 것을 다행으로 여겨야 됩니다. 이 때는 얼른 그가 친구가 아니고 사기꾼임을 인식해야 됩니다.

"내가 사기꾼을 친구로 잘못 알았구나, 그 돈만 떼인 것이 다행이구나!"

이와는 달리 그를 정말 친구로 생각한다면 돈 천만 원을 어떻게 가져갔든 그 돈 때문에 친구를 원수로 여기지는 않

아야 할 것입니다.

친구를 돈 천만 원에 팔아먹는다면 그 사람이 진짜 원수가 됩니다. 그것은 모든 것을 초월한 진실한 친구가 아닙니다. 돈 때문에 만났든지 사업상으로 만나 서로 욕심과 잇속이 맞아 친구라는 명분을 앞세우고 서로 짝짜꿍을 하며 지내오다가 차츰 욕심이 들키고 속셈이 맞지 않아 이제 별볼일 없으니까 하나는 천만 원을 챙겨서 도망가고, 하나는 그 돈에 대한 집착 때문에 그래도 조금 더 미련을 두는 어리석은 욕심놀이를 하고 있는 것입니다.

애초에 친구 속에 돈이 있었다면 돈이 없어져도 친구는 그대로일 것인데, 돈 속에 친구를 담았으니 돈이 사라지면 친구도 함께 사라지고 다만 자기 돈 훔쳐간 도둑만 친구 대신 남게 됩니다.

돈은 있다가도 없는 것이니까 언젠가는 다시 생길 수 있지만 친구란 한번 잃으면 그만이니, 이 사람은 자기 돈 욕심 때문에 돈 잃고 평생 돈으로 얻을 수 없는 귀중한 친구까지도 잃은 것이니 정말 바보 같은 인생을 산다 할 수밖에 없습니다.

여지껏 같이 살아왔던 좋은 시절, 좋은 사람이 아깝다면 스스로 이를 버리지 않는 지혜를 배워야 합니다.

세상 모두가 내 모습

‘나’를 찾는 길

나를 주어로 생각하는 삶을 얻어야 합니다.
나를 찾으려면 우선 내 이야기를 해야 합니다.

옛날 이야기에는 주인공이 진귀한 보물이나 생명수를 찾으려고 먼 길을 떠나 갖은 모험을 다 겪습니다.

우리의 삶도 행복을 찾으려는 긴 행로에 들어서서 한 평생을 살아갑니다. 그러나 많은 사람들은 실패하고 맙니다. 어떤 이는 인간이 이 세상에 내던져진 존재이고 언젠가는 죽어야 하기 때문에 근심의 정서가 실존의 근본 구조라고도 합니다. 그래서 허무에 빠지고 삶을 부정하며 살아갑니다.

정말로 행복은 존재하는 것일까요?

예로부터 ‘행복’, ‘자유’, ‘사랑’이라는 용어를 쓰면서도 얻지 못하는 것은, 뭔가 전도되어 있기 때문이 아닐까요?

나무에 올라가서 물고기를 구하고, 강에 들어가 전복을 따려고 들기 때문이 아닐까요? 있는 데에서 있는 것을 구하지 않고 없는 데에서 없는 것을 구하려 들어 나무를 탓하고 강을 탓한 것은 아닐까요?

실패는 누가 했나요?

"선생님, 이번 일은 꼭 성공하고 싶었는데 또 실패하고 말았습니다."

"선생님, 이번 일은 꼭 성공하고 싶었는데 그 사람이 훼방을 놓아서 또 실패하고 말았습니다."

"선생님, 이번 일은 꼭 성공하고 싶어서 얼마나 노력을 많이 했는 줄 아십니까? 그런데 그 사람이 훼방을 놓아서 또 실패하고 말았습니다."

이 세 가지 말은 모두 같습니다. 그런데 성공하고 싶어한 나와 실패한 나를 둘로 갈라놓고, 성공하고 싶어한 나만이 진짜 나라고 우기고 있습니다. 그런데 지금 성공했나요, 실패했나요?

실제로는 실패를 했는데도 성공하려고 한 나만을 믿어달라는 것이지요? 그런데 누가 실패했습니까? 내가 실패해놓고 남을 탓하고, 실패하지 않으려고 했다고, 내가 착하다고, 그것을 알아달라고만 한다는 것은 본질적으로 세상을 속여먹겠다는 불량한 태도입니다.

실패한 것이 누구입니까? 그런데 남한테 무엇을 알아달라는 것입니까?

성공하려고 노력을 했다면 성공을 했을 것이겠지요. 그런데 실패를 했으니까 그 결과를 놓고 보면, 내가 한 그 노력이 성공하려고 한 것일까요, 실패를 하려고 한 것일까요?

말은 밥을 짓겠다고 하면서 라면을 끓였다면 밥을 지었습니까, 라면을 끓였습니까?

우리는 이처럼 뻔한 과정의, 뻔한 결과를 놓고도 그것을 인정하지 않기 때문에 실패의 길에서 성공의 길로 들어서지 못합니다. 오히려 계속해서 실패의 길을 가면서 실패를 자초할 뿐입니다.

잃어버린 '내' 이야기

행복의 파랑새는 내 집 창턱에 앉아 노래하고 있었습니다.

이 파랑새 이야기가 상징하는 것은 행복이 바깥에, 먼 곳에 있는 것이 아니라 집안에, 가장 가까운 곳에 있다는 것입니다. 가장 가까운 곳이 어딜까요? 그것은 바로 내 옆에 있는 사람이고, 나 자신이고, 그리고 내 마음입니다.

나 자신한테서, 내 마음에서 행복을 찾는다는 것은 바로 '나'를 찾는 것입니다. 우리가 겪는 모든 고통은 '나'를 잃어버린 데에서 비롯됩니다.

어떻게 해야 나를 찾을 수 있을까요?

우선은 나를 찾는 길로 들어서야 합니다.

"남편이 돈을 많이 벌었으면 좋겠습니다. 어떻게 하면 많이 벌 수 있을까요?"

스승이 묻습니다.

"왜 돈을 많이 벌면 좋은데요?"

"아니, 돈을 많이 버는 게 좋지 않아요?"

하고 되묻습니다.

우리는 뻔하다고 생각하는 이런 일에서도 내 이야기를 할 줄 모릅니다. 남편이 돈을 많이 버는 것과 내가 좋다는 것을 같은 것으로 착각합니다. 그것은 분명히 별개의 일입니다. 그것을 동일한 것으로 착각하는 데서 문제가 발생합니다. 만약 남편이 어느 날 돈을 벌어서 그 돈으로 딴 살림을 차린다고 해도, 그 돈 때문에 가정이 파탄이 나도 좋다는 것입니까? 아니겠지요. 그러면 남편이 돈 벌기를 원하는 내 생각이 분명해야 합니다.

우리는 나를 주어(主語)로 생각하는 삶을 얻어야 합니다. 나를 찾으려면 우선 내 이야기를 하기 시작해야 합니다. 남편이 돈을 벌면 그 돈으로 가난에 쪼들리는 친정집 식구를 도와주려고 한다거나, 내가 사고 싶은 것, 쓰고 싶은 대로 실컷 써보고 싶어서 좋겠다는 것인지 스스로 찾아내야 합니다. 돈을 벌면 좋겠다는 이유는 사람에 따라 각기 다를 수가 있습니다.

그 천차만별한 이야기 중에 내 생각이 어디에 있는지 찾아내야 한다는 뜻입니다. 그런데도 내 생각도 스스로 모르면서 마치 다 아는 것처럼, 오히려 그것도 모르느냐고 반문을 하는 셈이니 이미 흑마굴에 갇힌 것과도 같습니다.

내가 먼저 내 생각을 알아야 합니다. 그 어떤 것이든지 내 뜻이 무엇인지 모르면서 알고 있다고 여기는 것이 바로 내 괴로움의 겉껍질이 됩니다. 내 생각을 찾아야 이 괴로움에서 벗어날 수 있는 길을 찾을 수 있습니다.

'나' 와 제대로 만나려면

"아들놈이 공부가 신통치 않아 화를 냈습니다. 어떻게 해
야 공부를 잘하게 할 수 있겠습니까?"
"누가 화를 냈다고요?"
"제가요?"
"선생님이 그 아이와 무슨 상관입니까?"
"무슨 상관이라뇨? 그 애의 애비지요."

무엇인가 이상하지 않습니까?
자식도 성적이 나빠 불안해 하고 어쩔 줄 몰라 할 터인
데, 그런 자식을 감싸주고 격려해 주는 것이 아비의 참모습
일 터인데, 아들의 모습과 아들의 기분은 아랑곳하지 않고
자기 욕심에서 야단을 치고 화를 냈다니 뭔가 이상하지 않
습니까?
나와 제대로 만나기 시작하면 괴로움의 원인이 되는 모
든 문제의 해답은 십중팔구는 스스로 얻게 됩니다. 지금 처
해 있는 내 모습을 보고, 내가 무엇을 하고 있는지를 안다
면 그 괴로움에서 벗어날 수가 있습니다. 그러므로 나를 찾
는 일은 이처럼 중요합니다.

그러나 우리는 살아가면서 자주 나를 생각하지 않고, 욕망과 감정대로 살아가고 맙니다. 그럴 때마다 얼른 이 세 가지 방법으로 나를 찾아야 합니다.

첫째로, 상대를 지켜봅니다.
상대가 일으키는 욕망과 감정과 생각을 지켜보고만 있으면 나의 근본 괴로움은 사라지게 됩니다.
둘째로, 나를 지켜봅니다.
상대를 지켜보아도 나를 찾지 못할 경우에는 상대로 연유한 내 감정과 욕망과 생각들을 보기만 하여도 내가 바라는 것을 잃지 않을 수가 있습니다.
셋째로, 앞의 것이 되면 상대와 나를 객관적으로 지켜봅니다.
이것이 바로 우리가 얻으려는 '나'인 것입니다.

아이구, 아야!

지식이란 쓰기는 내가 써도 내 것이 아닙니다.
지식을 통하여 지적인 품성을 얻을 수 있어도,
지혜를 깨우치기 위해서는 바로 내가 그렇게 되어야 합니다.

왜 우리는 이 세상에 태어났을까요?

우리는 행복해지기 위해서, 아름답고 고귀해지기 위해서, 더 지혜로와지기 위해서, 진리를 깨우쳐 영원한 복락과 무한한 빛과 무궁한 생명의 나라에 살기 위해서 태어났습니다.

그런데 왜 우리는 그러지 못하고 번뇌와 망상에 밤낮없이 끄달리고 고통과 고난의 나날을 보내야 할까요?

그것은 나의 '나쁜 습기' 탓에 내 몸과 내 정신을 내 마음대로 다루지 못하기 때문입니다. 그러므로 우리는 살아가면서 자신을 끊임없이 닦아나가야 합니다.

바른 길을 찾아서

우리가 나를 닦아나아가는 데에 네 가지 단계가 있습니다.

첫째가 '믿음'(信)의 단계이고, 둘째가 '해석'(解)의 단계이고, 셋째가 '실행'(行)의 단계이고, 넷째가 '실증'(證)의 단계입니다.

종교적 수행이나 삶에서도 '믿음'이 아주 중요합니다. 물론 '의심'을 가지고 수행할 수도 있습니다. 그런데 반드시 의심을 '의문'으로 바꾸어 물어나가야 합니다. 의심을 그대로 두면 '의혹'이 되고 맙니다. 이와 달리 믿음으로써 자신을 닦아 나아가려면 그 믿음이 무엇인지 알아야 합니다. '믿음 = 실증'이라고 착각을 하면 '맹신'이나 '미신'이나 '광신'이 됩니다. 바른 믿음은 '해석'이나 '이해'를 수반해야 하고, 나아가 반드시 '실행'해야 합니다. 그리고 그 실행을 통해 '실증' 또는 '입증'이 되어야 합니다. 구체적 결과가 나오지 않는 실행은 무엇인가 잘못된 것입니다. 그것이 '바른 믿음' 또는 바른 길이라면 해석이 잘못되었거나 실행이 잘못되었기 때문입니다. 이 경우에 다시 돌아가서 차근차근 따져보아야 합니다.

제 마음이 원수

기독교의 기본 정신은 '사랑'입니다. 그래서 성서에 "원수를 사랑하라"는 말이 있습니다. 이 말을 믿고 그것을 진리(證)라고 착각하면 광신도가 됩니다. 이것이 바른 믿음으로 세우려면 실행해보아야 합니다. 그러나 이를 실천하기가 쉽지 않습니다.

자, 무엇이 잘못되었을까요?

어떤 사람이 이것을 '의문'으로 바꾸어 스승에게 묻습니다.

"선생님, 왜 원수를 사랑할 수 없습니까?"

"원수가 무엇입니까?"

"나한테 해를 끼치는 존재입니다."

"그러면 원수란 정해져 있는 것이 아니지요? 그 누구이거나 나한테 해를 끼치기만 하면 원수가 되겠지요?"

"그렇습니다."

"그러면 무엇이 원수와 원수가 아닌 것을 판단하나요?"

"자신의 마음입니다."

"그러면 무엇을 사랑해야 할까요?"

“자신의 마음입니다.”

사랑해야 할 원수는 바로 내 마음입니다. 그러면 사랑해야 할 원수도 사라집니다. 우리에게 가장 어려운 것이 나 자신을 사랑하는 것입니다. 그런데 우리는 성인의 이런 말씀을 마치 우리들의 것인양 착각합니다.

원수란 궁극적으로는 자기에게 해를 끼치는 사람이고 자기가 나쁜 사람이라고 생각하는, 자기와 원한이 있는 상대라고 말할 수 있습니다.

그렇다면 원수는 객관성을 떠나서 주관적인 마음에서 생기는 것입니다. 자기가 원수라고 정한 사람이 원수가 되는 것입니다. 자기 스스로 원수를 만들어놓고 이를 사랑하려고 한다면 당연히 참된 사랑을 줄 수 없을 것입니다. 먼저 자기 마음 속에서 원수라는 생각을 지우면 미워할 원수는 사라지고 사랑해야 될 사람만 남게 되니 바로 원수가 곧 사랑해야 할 사람이 되는 것입니다.

‘풀이(解)’는 이런 방식으로 풀어나갑니다.

마음이 그 무엇에 홀리면

신심이 돈독한 어떤 분이 스님을 찾아가 물었습니다.

"스님, 남을 속이는 것은 나쁘죠?"
"예."
"제가 지금 남을 속이지 않으면 안 될 상황인데, 그래도 될까요, 그냥 말아야 하나요?"

이 분이 무엇을 묻고 있을까요? 이 분이 바라는 것은 남을 속이고도 죄를 짓지 않는 방법을 알려 주거나, 아니면 무슨 신통력을 발휘하여 해결해 달라는 것이겠지요.

이 분이 그 스님을 믿고 진실하게 바른 길을 묻는 것처럼 보이지만 이것은 미신(迷信)입니다. 자기의 욕심을 이룰 뜻만 앞세우고 마음이 그 무엇에 홀려서 망념되게 믿는 믿음인 것입니다.

귀신이 있습니까, 없습니까?
헛것을 본 적이 있는 사람은 있다고 할 것이고, 못 본 사람은 없다고 할 것입니다.

이 둘 다 미혹되게 믿는 것입니다.

올바른 믿음은 바로 배우고 바로 알아서 실행했는 데도 실증(證)이 되지 않았을 때 다시 풀어보고(解) 실행해 보려는 '힘'입니다.

남의 말 따라하기

어느날 스승이 죽비(竹篦)를 들고,

"이것이 칼이다"

라고 말했습니다. 그리고는 제자들에게 물었습니다.

"이것이 무엇인고?"

"예, 그것은 칼입니다."

"왜 이것이 칼인고?"

"스승께서 칼이라고 하셨기 때문입니다."

우리는 남의 말이 아닌 자신의 말을 할 줄 알아야 합니다. 자신은 그냥 자신일 뿐이기 때문에 자신의 말을 할 경우에 가장 진실될 수 있습니다. 그러나 우리가 쓰는 수많은 지식이 모두 다른 사람의 말이지 자기의 것이 아닌 경우가 많습니다.

스승이 죽비를 들고 후려치는 시늉을 했습니다.

“자, 내가 실제로 후려치면 어쩌겠는가?”
“피하겠습니다.”
“아프겠습니다.”
“피가 나겠습니다.”

그건 다 남의 이야기입니다. 자기가 말하기는 해도 다 남의 이야기하듯 하니 남의 이야기일 수밖에 없습니다.
“아이고, 아야!” 하거나, 피하는 시늉을 하거나, 피를 흘리는 모습을 지어야 되겠지요.
남의 것을 자기 것으로 착각하여서는 안 되고, 자기 것을 남의 것으로 착각하여서도 안 됩니다. 우리들은 수많은 지식을 가지고 그것이 마치 자기 것처럼 착각하며 살기 때문에 아는 것과 행동하는 것과의 사이에 틈이 벌어지고, 그 틈 때문에 고통을 받게 됩니다.
지식이란 쓰기는 자신이 써도 자신의 것이 아닙니다.
지식을 통하여 지적인 성품을 얻을 수는 있어도 지혜를 깨우치기 위해서는 바로 자신이 그렇게 되어야 합니다. 그러한 실행(行)을 통해서만이 실증(證)을 얻을 수가 있습니다.

대낮에도 길을 잃어

스승이 죽비를 '칼이다'라고 할 때, 두 가지 생각을 하게 됩니다.

첫째는, "스승께서 칼이라고 했으니 저것이 칼인가 보다"라는 것입니다.

이 순간 한 명의 맹신도가 탄생하게 됩니다.

스승의 말씀은 스승의 말씀일 따름입니다. 그런데도 그것을 듣는 순간 마치 자신의 말로 착각하게 됩니다.

우리는 수많은 것을 듣고 배우는 가운데 그 모든 것이 자기 것인 듯, 바로 자신인 것처럼 착각하기 때문에 밝은 대낮에도 길을 잃고 인생은 무명에서 헤매게 됩니다.

자신의 마음에서 실감함으로써 깨우쳐 정말로 자기 것으로 만들고 자기가 바로 그처럼 되어야 합니다.

그런데 또, "그게 왜 죽비가 아니고 칼이냐"고 따진다면 그것도 문제가 됩니다. 제자가 그 스승으로부터 가르침을 얻고자 배우면서 따지고 시비하는 것은 바르지 못한 것입니다.

둘째는, "스승이 죽비를 칼이라고 하다니 이제는 노망이

드셨나?”라는 것입니다. 곧, 자기 견해를 가지고 상대를 의심합니다. 그것을 그대로 두면 의혹 속에 빠지고 맙니다.

죽비를 죽비라 하여도 믿을 만하지 않은데 더욱이 죽비를 칼이라고 할 경우에는 그대로 믿을 것이 못됩니다.

죽비가 죽비이든,
칼이 칼이든,
죽비가 칼이든,
칼이 죽비이든,
풀어내야(解) 합니다.

의심을 의심 속에서 헤매게 버려둘 것이 아니라 우리의 마음은 바로 의문과 의문의 문을 열고 들어가야 합니다.

의심의 문을 열어라!

어느 날 스님 두 분이 행각(行脚)을 하고 있었습니다.

노승은 스승이고, 젊은 승은 법을 배우기 위해 젊은 나이에 갖은 고초를 마다 않고 그 스승을 섬기는 제자입니다. 두 스님은 냇가에 이르렀습니다.

마침 그 냇가에 젊고 아리따운 처녀가 물을 건너지 못해서 발을 동동 구르며 어쩔 줄 몰라 하고 있습니다.

그 처녀가 반색을 하며 그 젊은 스님을 보고 도움을 청했습니다.

"스님, 저 좀 업어다 이 물을 건너게 해주세요."

젊은 스님은 질색을 하며 화를 냈습니다.

"우리 승가에서는 여자를 멀리하라는 가르침이 있어 여인과는 같이 앉지도 못하는데 어찌 아가씨께서는 그런 무리한 요구를 해서 소승을 궁지로 모는 것이오?"

난처해진 처녀는 이제 나이든 스님께 도움을 청했습니다.

그러자 그 스님은 선뜻 등을 내밀며 말했습니다.

"이리, 업히시우."

그 스님은 처녀를 업고 물을 건네주고는 계속해서 갈 길을 재촉했습니다.

그런데 길을 가면 갈수록 젊은 스님의 마음에는 온갖 궁리와 의심이 계속 떠올랐습니다.

'내가 지금 여지껏 스승으로 모신 이 사람이 엉터리 땡초가 아닐까?'

'그 동안 내가 그만 속아서 헛고생만 한 것이 아닐까?'

이런저런 생각을 하며 십리를 갔습니다.

그러나 한 번 일어난 의심은 좀체 사라지지 않고 점점 커지기만 했습니다.

그러나 다시 이를 꾹꾹 참으며 십리 길을 더 갔습니다.

드디어 그 의심하는 마음은 타오르는 불덩어리 같아서 도저히 누를 길이 없게 되었습니다.

간신히 십리를 더 가서 그만 그 의심은 폭발하고 말았습니다. 억지로 참다 참다 나온 목소리는 분노를 이기지 못하여 떨렸고 마치 힐난하는 투로 말했습니다.

"스님, 스님은 어찌하여 그럴 수가 있습니까?"

"뭘!?"

"아까 처녀를 업고 희희낙락하시며 물을 건네주시지 않았습니까?"

"예끼 이놈, 나는 그 처녀를 냇가에 내려놓고 왔는데, 네 놈은 아직도 그 처녀를 나에게서 뺏어서 업고 있느냐? 이놈!"

이 말씀을 들은 젊은 스님은 마치 몽둥이로 이마를 한 대 얻어맞는 듯 번쩍 정신이 들었습니다.

이 이야기를 통해 알 수 있는 것은 무엇일까요?

그 젊은 스님은 의혹 속에, 미혹 속에 빠져버린 것입니다.

바로 의심의 문을 열고 의문으로 바꾸어 그 스승께 여쭈

어야 했습니다. 우리는 미혹을 벗어나기 위한 노력을 바로
함으로써 이 괴로움의 세계로부터 탈출할 수가 있습니다.

법은 욕망의 방편이 아닙니다.

어떤 영리한 사람은 이 소리를 듣자마자 욕망의 지혜를
굴리기 시작합니다.

차를 몰고 가다가 어떤 예쁜 여자를 태워 주고는, 그 옆
에 탔던 부인이 그 동안 자기 남편이 예쁜 여자와 희희낙락
하는 모습을 지켜보고 있다가 그 여자가 내리자마자 참지
못하고 뭐라고 할 경우에, "여보, 나는 그 여자를 아까 그
곳에다 내려주고 왔는데 당신은 아직도 앉혀놓고 있소?"라
고 말하고 싶겠지요. 그러나 법을 그렇게 욕망의 방편으로
이용하면 안 됩니다.

법은 내가 깨닫지 못하면 소용없습니다. 내가 깨달으면
이 방편의 법은 사라지게 됩니다. 이미 이 법을 방편으로
쓸 일이 없기 때문입니다.

자, 그런데 이 이야기에서 짚고 넘어가야 할 것이 있습니
다. 그 늙은 스님이 색심을 초월했을까요, 아니면 말재주로
그 일을 적당히 얼버무렸을까요? 이 경우에도 흔히 가짜라

거나 진짜라거나 대답이 두 가지로 나뉩니다. 그러나 이 대답은 모두 틀렸습니다. 정답은 '모른다' 입니다. 그 경지에 가지 않고서는 어느 경우도, 어떤 설명도 틀릴 뿐입니다.

많은 경우에 우리는 모르는 것을 모른다고 하지 못합니다. 자신이 모른다는 사실을 알지 못하고 아는 척을 하면 사기꾼한테 이용당할 가능성이 큽니다.

'믿음' (信)이란, 나의 마음을 끝까지 믿는 마음이며,

'풀이' (解)란, 내가 나를 믿는 만큼 남도 믿는 마음이며,

'실행' (行)이란, 나와 남이 함께 하는 마음이며,

'입증' (證)이란, 나와 남이 함께 이루는 마음에서 얻을 수 있습니다.

가도 됩니까?

인생은 죽으려고 사는 것이 아니고 살려고 삽니다.
삶을 완성하려고 사는 것입니다.

어느 날 공부에 참석하러 왔던 어떤 분이 스승께 물었습니다.

"선생님, 가도 될까요?"

스승이 간단하게 답했습니다.

"예."

가다가 친구를 만났습니다.

"아니, 왜 조금 있으면 공부 시간인데 공부 안 하고 왜 가니?"

"선생님이 가라고 해서 가는 길이야!"

그 친구가 스승께 물었습니다.

"선생님, 왜 제 친구에게 공부 안 하고 가라고 하셨습니까?”

“저는 가라고 하지 않았습니다.”

“아니, 선생님께서 가라고 해서 간다고 하던데요. 정말 가라고 안 하셨습니까?”

“예, 저는 틀림없이 가라고 하지 않았습니다.”

공부가 끝나고 그 친구가 선생님께 다시 묻습니다.

“선생님, 제가 전화해보니 분명히 선생님께서 가라고 해서 갔다고 그러는데요?”

“자, 점심 맛있게 드십시오.”

스승이 말했습니다.

많은 사람들이 맛있게 먹자 스승이 묻습니다.

“왜 잡수십니까?”

많은 사람들이 의아하다는 듯 쳐다봅니다.

“선생님께서 먹으라고 하셔서 먹습니다.”

먹기는 자기가 먹는데 스승이 먹으라고 해서, 스승이 점심을 들라고 했기 때문에 스승을 위해서 먹어준다는 이야기처럼 들립니다.

“아니, 언제 제가 드시라고 했습니까? 여러분들께서 점심을 드시라고 했지요.”

다시 처음 이야기로 돌아갑니다. 스승은 그 친구분께 이야기합니다.

"'가도 됩니까?' 하고 물어서 그러라고 했지, 제가 가만히 계시는 분더러 가라고 했는지 물어보세요."

"……"

"선생님, 제 친구가 선생님께 가도 되냐고 여쭈었더니 선생님께서 그러라고 해서 갔다고 합니다."

스승이 다시 말합니다.

"가도 되느냐 해서 그러라고 한 것과 가만히 있는데 가라고 한 것이 같습니까, 틀립니까?"

"틀립니다."

"그러면 어떻게 틀립니까?"

"……"

그 사람은 자기가 갔으면서도 스승이 가라고 해서, 마치 스승 때문에, 아니면 스승을 위해서 간 것처럼 이야기한 것이 되었습니다. 스승이 가라고 해서 간 것이 아니라 가겠다고 해서 그러라고 한 것일 뿐입니다. 만약 스승이 가라고 해서 갔다면 그것은 그 분이 갔어도 스승이 간 것이고, 그 분이 갔다면 그것은 스승이 가라고 했어도 그 분이 스스로

간 것입니다.

우리는 겉으로 드러나는 모습만 보고 살면 항상 착각에서 벗어나지 못합니다. 내가 먹는 것도 남을 위해서 먹는다고 하니 내 복을 가지고도 남의 것처럼 보이게 되어서 항상 스스로는 복없는 인생을 사는 것 같고, 내가 가는 것도 남 때문에 간다고 하면 내가 짓는 업도 남이 지은 것이라 하게 되므로 내가 노력하는 것의 대가도 거둘 수가 없습니다. 내가 한 잘못의 대가는 닥쳐오는데도 전혀 남의 일인양 무방비 상태가 되어, 살면 살수록 업의 바다는 풍랑이 더욱더 험란해지기만 합니다.

"왜 삽니까?"
"……"

누가 이렇게 물으면 우리는 얼른 대답을 하지 못합니다.

결국 인간은 누구나 죽을 수밖에 없으니 숨어 있는 뜻은, "죽으려고 삽니다"가 답이 됩니다. 그러니 인생은 살면 살수록 괴로운 일이 중첩될 뿐입니다.

"왜 사느냐?"를 알기 위해서는 사는 주체를 먼저 챙겨야 합니다.

누가 뭐라고 하여도 사는 것은 바로 자신입니다. 사는 것이 자기 자신이라는 것을 바로 알면, "나는 살기 위해서 삽니다"라고 할 수 있습니다.

인생은 죽으려고 사는 것이 아니라 살려고 사는 것입니다. 죽으려고 사는 것이 아니라 삶을 완성하려고 삽니다. 삶을 완성하려는 사람은 외적으로 죽음이 있어도 내적으로는 죽음의 모습이 없습니다. 살면 살수록 그만큼 삶을 완성하게 됩니다. 죽음의 그 순간까지 삶을 완성하고 외적으로는 죽는다고 하여도 내적으로는 삶의 연속이 됩니다.

가라고 해서 갑니다

"왜 삽니까?"

스승이 가라고 해서 가는 것이 아니라 자기가 가고 싶어서 가는 것입니다.

그 분은 아마도 공부 시간에 참석 못할 일이 있었는지도 모릅니다. 공부에 참석할 수는 없어도 스승께 지혜의 도움을 청할 일이 있어서 왔다가 가셨는지도 모릅니다.

"선생님, 가도 될까요?"

이 한 물음 속에는 미묘한 많은 뜻이 함축되어 있습니다.

도움만 받고 가기가 도리에 어긋난다고 생각하면서도 가야 할 일이 있어서 어쩔 수 없이 가는 그 미안한 마음으로

스승께 물었는지도 모릅니다. 이 모든 마음은 본인이 일으
킨 식입니다. 그 누구도 이런 생각을 가지고 뭐라 할 사람
은 없습니다.

"예."

스승이 "예"라고 한 것은 이미 이 마음을 다 알고 그 분이
마음 편하게 빨리 가서 일을 보게 하려는 마음으로 그렇게
대답했는지도 모릅니다.

그러나 그 분은 친구가 물으니 순간 앞의 마음은 사라지
고 스스로 정한 마음의 식을 따라 그만 피하려고 합니다.
그래서 스승이 가라고 해서 간다는 대답을 해버립니다.

한 생각을 일으키는 바로 그 실체를 잊게 되면 생각 따라
자신은 새롭게 태어나는 셈이 됩니다. 우리의 몸은 태어나
고 정신은 수만 번 변한 적이 있어도 태어나고 변하는 그
몸은 절대 다시 태어나거나 변하지 않습니다.

"응, 집에 볼 일이 있어서 오늘은 공부는 참석하지 못하
고 가는 길이야."

이렇게 대답했다면 더 이상의 착각은 일어나지 않습니
다.

“응, 그래. 그럼 빨리 가서 일 잘 봐.”

친구도 그렇게 인사하고 헤어졌을 것입니다.

모든 말은 자기가 주어(主語)가 되어야지 목적어(目的語)가 되는 입장에 서서는 안 됩니다.

설령 스승이 가라고 해도, 가는 것은 바로 나 자신입니다.

“내가 가라는 말을 듣고 갑니다.”

“선생님께서 나를 가라고 해서 갑니다.”

이처럼 모든 것이 나로부터 인연된다고 할 때, 우리는 무명의 긴 어두움에서 벗어날 수 있습니다.

내 마음의 방생

참된 마음을 지니지 못하면,
좋은 일을 하려다가 뜻하지 않은 괴로움을 겪어도
그 이유를 모르게 됩니다.

방생을 가는 날입니다.

여기에서는 방생을 하느라 물고기를 놓아주고 있는데 바로 저 아래에서는 낚시로 고기를 낚아올리고 그물을 쳐서 잡고 있습니다.

어떤 이가 스님께 말합니다.

"스님, 이런 방생은 바르지 않습니다."

"왜 바르지 않나요?"

"이쪽에서는 살려주고 있는데 저쪽에서는 잡아들이고 있으니, 저 사람들 좋은 일만 시킬 뿐이잖아요?"

"저 사람들은 왜 잡을까요?"

"돈 벌려고 그러겠지요."

"저 사람들은 돈을 벌어서 뭘 할까요?"

"먹고 살겠지요."

그물로 잡아도

방생의 바른 의미를 알고 하면 바른 방생이고, 그 의미를 모르고 하면 바른 방생이 아닙니다.

내가 방생을 하는 이유는 내 마음에 방생의 씨앗을 심어서 살생의 인자를 없애가기 위한 것입니다. 물고기를 방생함으로써 죽어가는 내 마음을 살리자는 것입니다.

내가 살려주는 물고기를 되잡아들이는 어부들에 대한 원심마저도 보아내어 방생하는 마음을 일으키면 바른 방생이 됩니다. 또 그 어부가 돈을 벌어 식구들을 먹여살릴 것이니까 오히려 내가 하는 방생의 뜻이 더 깊어질 수 있겠지요.

불평을 한 그 사람은 내가 돈을 들여 방생을 하는데 마치 누가 훼방을 놓는다는, 내게 손해를 끼친다는 피해의식에 사로잡힌 것이지요. 그렇다면 그는 애초부터 방생을 한 것이 아니고 물고기를 살려주는 일을 한 셈입니다.

더구나 그는 어부들을 원망하는 마음을 가졌고, 또 나도 그러고 싶다는 마음을 보지 못했으므로, 오히려 살생의 씨 앗을 심었는지도 모릅니다.

물고기도, 어부들도 내게는 오직 방편일 뿐입니다.

자식의 개구리를 빼앗은 아버지

어떤 이가 '남을 해치는 마음'(살생업)에 대한 설법을 듣고, 자기가 그동안 해쳤던 것을 속죄하기 위해 미물일지라도 살아있는 것은 죽이지 않겠다고 결심했습니다.

집에 돌아오니까 국민학교에 다니는 아들이 개구리를 잡아가지고 와서 개구리를 잡은 이야기를 신나게 합니다.

"아빠, 이 개구리 좀 봐!"

"애야, 오늘 아빠가 미물이라도 살려주는 것은 좋은 일이라고 들었는데, 그 개구리를 놓아주자."

그러나 아이는 말을 듣지 않습니다.

아버지가 여러 번 권했으나 아들은 이제 막무가내로 싫다고 떼를 씁니다.

아버지는 그만 화가 나서 아이를 때리고, 기어이 그 개구리를 놓아주었습니다.

무엇인가 이상하지 않나요?

개구리의 생명을 살려준 옳은 일을 하였는데도 마음이 편치 못합니다. 과연 이 사람이 참된 방생을 하였을까요? 아니면 개구리 한 마리 때문에 자식 잡는 연습을 하였을까요?

방생의 참뜻을 모르니 방생은커녕 자식의 것을 빼앗으려다 안 되니 폭력을 써서 강도짓까지 하고, 더 나아가 그만 마음으로 살생하는 연습까지 하였습니다.

개구리와 자식의 목숨 중에 살려준다면 어떤 목숨을 살려주어야 할까요?

결과적으로 그는 방생을 이용해서 남을 해쳤습니다. 마치 한 푼 남자고 세 푼 버리는 꼴이 되고 만 것입니다. 세 푼에서 한 푼을 빼고 두 푼은 해치게 되었고, 한 푼 들여 세 푼어치 남을 해치는 일을 하였으니 결국은 해친 일을 하기 위해서 방생을 이용한 셈이 된 것입니다.

남의 것을 훔치는 마음, 주지 않는 물건을 갖는 마음이 강한 사람은 나는 남에게 조금도 베풀지 않고 남의 것을 그냥 뺏으려는 욕망의 습관이 항상 남아 있습니다. 제 욕심대로 안 되어 화가 나면 그만 어리석음 때문에 남의 것을 뺏고 훔치는 악습관이 나옵니다.

그 아이가 애를 써서 개구리 한 마리를 잡았으니 자식이라 할지라도 당연히 그 대가를 주어야 합니다. 더욱이 좋은 일을 위해서라면 말할 것도 없습니다. 좋은 일이라고 우격다짐으로 하는 것은 좋은 일을 빙자해서 자기 욕심을 채우는 일에 불과합니다.

그 사람은 화낼 줄 알고 뺏을 줄은 알아도, 인색해서 제 것을 베풀 줄은 모릅니다. 남에게 베풀어서 자기가 좋은 것을 얻겠다는 생각은 못하는 것입니다.

아이에게 베풀 마음은 없고, 살려주는 일은 해보고 싶고, 그러니까 자신의 평소 잠재된 습관대로 아이 것을 훔쳐다가 결국은 자기 욕심대로 취하고 말았습니다.

뱀만 살리면 그만인가요?

어떤 이가 시골길을 가고 있었습니다.

한 아이가 뱀을 잡아 빙글빙글 돌리면서 놀고 있습니다.

이 사람은 그 뱀을 놓아주고 싶어서 아이에게 삼천 원을 줄 테니 그 뱀을 팔라고 했습니다.

아이는 팔지 않겠다고 합니다. 어쩌면 아이는 그냥 잡은 것을 돈을 받고 파는 것을 죄악이라고 생각하는지도 모릅니다. 상황이 딱하게 됐습니다. 이를 구경하던 사람들이 이 사람을 뱀장수로 오해하고 말았습니다.

참된 마음을 지니지 못하면, 좋은 일을 하려다가 뜻하지
않은 괴로움을 겪으면서도 그 이유를 모릅니다.

무슨 일이 안 될 때면 얼른 자기 자신에게 되돌아와서 따
져보아야 합니다.

"내가 이 뱀을 살리기 위해 어디까지 희생할 수 있는가?"

아이를 어른의 권위로 억누르기보다는 오히려 아이에게
큰절이라도 해서 그 뱀을 살릴 수 있다면 큰절이라도 할 수
있었을까요? 그러나 절까지 해서 그 뱀을 살리는 것이 용납
되지 않으면, 아직은 내가 방생할 복이 없다는 것을 인정하
고 이제부터 열심히 하심(下心)하고 절하는 연습부터 먼저
해야 합니다.

내 한계를 알아 먼저 이 마음부터 벗어나는 것이 방생입
니다.

지금 문제는 이 뱀을 안 살리면 나쁘고, 어떻게든 살리면
좋다는 데에 있지 않습니다. 여기에 옳고 그름은 없습니다.
옳고 그름은 지금 자기 속에서 다투고 있는 이 마음 따라
결판이 납니다.

가난한 사람을 도와주고 싶은데 돈이 없습니다. 돕고 안
돕고가, 좋고 나쁠 수는 없습니다. 마음이 문제입니다.

그 뱀을 살려주고 싶은데 자신에게 능력이 없습니다. 그렇다면 이제부터 우선 절하는 연습을 하며 자신이 지니고 있는 살생습관의 인연(파장)을 보면 됩니다.

"아, 내가 이렇게 살고 있구나! 어른들한테도 이런 식으로 마지못해 허리를 굽히는구나!"

절을 해도 허리가 구부러지지 않습니다. 머리만 까닥거리며 절하는 것이 바로 살생습관입니다.

방생과 방생하는 내가 둘이 아닙니다. 방생을 하면서도 그와 함께 방생되는 내 마음이 없어서는 안 됩니다. 방생하는 내가 방생과 하나가 되는 연습을 통하여 소중한 것을 얻게 됩니다.

강 아래쪽에서 낚시를 하든 않든 그것은 큰 문제가 아닙니다. 고기를 놓아주면서도 속에서 놓지 못하고 도사리고 따지는 자기 마음을 방생하는 것이 더 큰 과제입니다.

거짓된 말의 네 가지 경계

남을 속이는 말
꾸며대는 말
한 입으로 두 말을 하는 말
욕하고 헐뜯으며 비난하는 말

누가 길을 물을 때 친절하고 다정한 사람은 자상하게 길을 가르쳐주지만, 그렇지 못한 사람은 손가락이나 턱짓으로 가리키면 그만입니다.

불친절한 사람은 자식에게도 그러합니다.

"엄마, 어디 가세요?"
"응, 저기."

이런 밑도 끝도 없는 말에 그래도 자식은,

“응, 엄마 알았어, 잘 다녀오세요.”
합니다.

자기가 줄 것은 다 안 주어 떼어먹고 남에게 받을 것은
다 받은 꼴입니다.
좀 친절하게,
“응, 엄마가 시장에 간다. 가서 맛있는 반찬 사올께.”
하고 다정한 말을 좀 더했다고 무슨 손해가 날까요?
이와 같이 떼어먹는 말 때문에 나중에 자식에게 받을 것
도 다 못 받고 살게 됩니다. 때가 되면 거꾸로 자식이 엄마
에게 밀고 들어옵니다.
아이가 얌전하다가도 손님만 왔다 하면 떠들고 난리 법
석을 치며 정신을 못 차리게 합니다. 손님을 가운데 놓고
서로 미묘하게 다투기 시작하는 셈입니다.
이 다음에 아이가 커서 늦게 들어올 적에 어머니가,
“왜 이렇게 늦었니?”
하고 물을 적에 자식도 똑같이,
“응, 그냥.”
하고 맙니다.

지금 진 짐도 무거운데

　친절하지 못한 말, 정성없는 말은 서로 다투게 하고, 서로에게 안 좋은 일들을 부르는 시발점이 됩니다.
　그래서 말이란 항상 시간 공간에 맞아야 합니다. 그렇지 않은 말은 '입으로 짓는 나쁜 업'(口業)에 속합니다. 우리는 이 경계에서 나날을 보내고 있다고 보아도 됩니다.
　거짓된 말의 경계에는 네 가지가 있습니다.

　첫째, 남을 속이는 말(妄語).
　둘째, 꾸미고 둘러대어 남을 기만하는 말(綺語).
　세째, 서로서로를 갈라놓으며, 한 입으로 두 말을 해서 이간질하는 말(兩舌).
　넷째, 남을 헐뜯으며 비난하는 욕하는 말(惡口).

　바르지 못하게 말을 하는 사람은 남이 하는 바르지 못한 말을 들어도 기분만 나빠할 뿐 어떻게 대처할 줄을 모르거나 아니면 같이 맞장구치며 입으로 또 악업을 짓고 맙니다.
　이렇게 되면 지금 악한 업을 받는 것도 큰일인데 여기다가 또다시 악업을 보태는 꼴이 되어, 마치 힘든 길을 가면

서 지금 진 짐도 무거운데 또 여기다 다른 짐을 계속 더하
는 것과도 같습니다.

흉을 보는 친구

모처럼 친구 몇 명이 함께 모여 옛일을 회고하게 되었습
니다.

한 친구가 그 자리에 있던 다른 친구를 지적하여 그가 옛
날에 했던 나쁜 짓을 여러 사람 앞에서 늘어놓습니다.

그 친구는 그것이 사실이었기 때문에 얼굴만 굳어질 뿐
가만히 있습니다. 그 친구는 이제 더 크게 떠들어대기 시작
합니다. 그는 지금 이간질(양설)을 하고 있습니다.

아무리 사실이라고 해도 공간이 다른 곳에서, 이미 시간
이 흐른 다음에 이야기를 하면, 올바른 의미보다는 나쁜 의
미가 더 많습니다.

한 친구는 과거 일을 이용하여 그 친구가 나쁘다는 욕을
다른 친구들 앞에서 하고 있거나, 다른 친구들이 그 친구를
멀리하도록 하기 위하여 과거 이야기를 가지고 실제로는
이간질을 하고 있습니다.

아무리 사실이라고 하여도 이야기하는 사람이 쓰고 있는
마음에 따라 그 말은 욕이 되기도 하고 다정한 말이 되기도

합니다. 화가 나서 싸우면서 "개새끼"라고 욕하는 말과 할머니가 손주가 예뻐서 "내 강아지" 하는 말은 다릅니다.

과거에 나쁜 짓을 한 까닭에 지금 화제거리가 되고 있는 사람에게는 이 괴로운 말을 듣는 순간이 바로 그 업의 과보를 청산해 낼 수 있는 좋은 기회입니다. 이때를 놓치지 않고 자기 자신을 바르게 살펴,
"아, 내가 그때 나쁜 짓을 한 과보가 여기에 이르렀구나. 이 친구가 지금이 말로 나의 지은 업을 꺼주지 않으면 누가 나를 지난 죄업으로부터 건지겠는가?"
하면서 그 친구를 더욱 좋아할 수는 없어도 싫어해서는 안 됩니다. 오히려 고맙게 여겨야 할 것입니다.
아니면,
"아, 내가 그때 내 잇속만 살피며 남과 다툼하며 벌인 이간질의 업보를 오늘 이 자리에서 받게 되는구나. 오늘 여기서 이를 받지 않으면 또 어떤 세월에 이 빚을 갚게 될 것인가?"
하며 더욱더 우정을 돈독히 하며 더 크게 하나되기를 원해야 합니다.

"그래, 혼자 실컷 보세요!"

말이란 미묘합니다. 쓰는 사람의 마음에 따라서 갖가지 경계를 나누게 됩니다.

말로써 업(業)을 지으며 내 인생을 만들며 살아가게 됩니다. 말로써 업을 짓는다는 사실을 모르면 내 스스로 인생을 지으면서도, '왜, 이렇게 되지' 하고 후회하는 어리석음을 범하기 마련입니다.

나가는 말의 겉 모양새가 옳고 그른 데 있는 것이 아니라 바로 그 말을 쓰는 자신의 마음 따라 그 말은 옳기도 하고 나쁘기도 합니다.

아버지와 아이들이 같이 텔레비전을 보고 있습니다.

아버지는 아이들이 계속해서 제가 보고 싶은 것만 틀고 있으니 짜증이 났습니다. 아버지는 엄숙한 표정을 짓고 아이들한테 말합니다.

"애들아, 그만 보고 가서 공부하거라."

아버지의 기세에 잠시 멈칫하다가 또 마찬가지입니다. 아버지는 이제 역정을 내면서 말합니다.

"애들아, 가서 공부하거라."

그래도 역시 마찬가지입니다.

"아버지가 두 번 말했다. 그만 가서 공부하거라."

이제 아버지는 곧 폭발할 것 같습니다.

아이들은 쿵쿵거리며 자기들 방으로 들어가더니 방문을 쾅 하고 닫았습니다.

그때부터 아버지는 텔레비전을 보고 있어도 웬일인지 별로 흥이 나지 않습니다.

'공부하라'는 말은 좋은 말입니다. 그런데 이 좋은 말을 가지고 바르게 쓰지 못하고 아이들을 쫓아보내는 데 사용했습니다.

자식과 아버지는 항상 계산을 잘 하면서 살아야 할 사람들입니다. 아버지가 자식들을 해치고 텔레비전을 보는 이익을 열이라고 할 때, 자식들이 마음에서 당하는 손해는 백이 될지도 모릅니다. 백에서 열을 빼면 그 집안 전체에서 구십의 복이 사라진 셈이 됩니다.

아이들의 쿵쿵거리는 발소리는 아마도 아버지를 발로 차고 싶은 것을 마루로 대신한다고 할 수 있습니다. 문을 '쾅' 하고 닫는 것은 아버지 머리를 꽝 치며, "그래, 혼자 실컷 보세요!" 하는 무언의 말일 수 있습니다.

이와 같은 일들이 쌓이고 쌓이면 지금 겉으로 드러내놓지 않아도 언젠가 다른 몸, 다른 인연을 만나면 그처럼 치고 때리게 될 것입니다.

처음에 그냥 그대로,
"애들아, 아버지가 이 프로를 보고 싶으니 아버지에게 양보 좀 해라."
하였으면 어쨌든 서로간에 아버지를 우선해서 타협을 하게 되고 애들은 그 프로를 볼 일이 없으니,
"아빠, 우리는 가서 공부할께요."
했을지도 모릅니다.

이러한 악한 말의 굴레에서 벗어나려면 항상 남의 말을 먼저 들어주고 베푸는 마음을 지녀야 합니다. 자기 말을 바르게 하려면 자기가 볼 이익을 감춰놓고(망어의 경계) 상대방을 위해주는 체(기어의 경계)하며, 상대방을 갈라놓으며(양설의 경계), 잘 안 되면 화내고 욕하는 것(악구의 경계)에서 벗어나야 합니다. 자기 의지를 그대로 드러내면서 상대방의 의사도 존중할 줄 알아야 합니다.
그렇게 하면 서로간에 웃으며 바르게 사는 인생을 얻게 됩니다.

어떻게 말할까?

사랑은 만남에서 하나가 되므로
우선 나누는 말부터 하나로 만나야 합니다.

혼인을 앞둔 두 사람이 스승을 찾아와서 혼인하여 잘 사는 법을 묻습니다.

스승이 되묻습니다.

"사랑이란 무엇입니까?"

"남편의 말에 잘 따르고 복종하는 것입니다."

남자가 대답했습니다.

"어머나, 서로 의논하며 살아가는 것이 사랑이지 어째서 남편 말만 듣는 것이 사랑인가요?"

여자가 놀란 눈을 남자한테 돌리며 어처구니가 없어 합

니다.

왜 혼인하나?

사랑이란 두 사람이 하나가 되는 것입니다. 두 생각이 하나로 되어야 합니다. 사람들은 혼인하려고 사랑하는 것이 아니라, 서로 좋아하며 끌렸기 때문에 사랑의 인연을 맺어 이제 사랑이라는 씨앗을 심어 싹을 키우기 위해서 혼인하려는 것입니다.

그러나 막 심은 사랑을 잘 가꾸려 하기도 전에 먼저 열매를 거두려고 하면 간신히 이 씨앗을 품고 있던 감정이 시간이 지나면서 식기도 하고 없어지기도 하니, 사랑의 씨앗은 자라기도 전에 메말라 버리고 맙니다.

아내가 남편 말에 잘 따르고 복종하는 것도 사랑이고, 남편이 아내와 의논하며 살아가는 것도 사랑입니다.

사랑이 아닌 것은 이 둘을 따로따로 주장하고 자기의 이익만을 추구하며 남을 돌보지 않는 마음입니다. 사랑은 바로 이 둘을 함께, 둘 그대로를 하나로 받아들이는 마음을 발견해 나가는 일로부터 시작합니다. 그러기 위해서는 서로가 서로에게 열심히 바치는 마음을 가져야 합니다. 무엇을 요구하고 뺏기고 뺏는 삶보다는, 서로의 사랑나무를 키우기 위해서 누군가는 끊임없이 서로를 위해 참아가며 베풀어야 됩니다.

그러면서 항상 부드러운 말, 다정한 말, 포근한 말, 아름다운 말을 쓸 때 그 말 속에서 저절로 사랑의 노래가 나오게 됩니다.

"여보, 내 머리 이뻐?"

이제 혼인을 하였습니다.

어느 날 부인이 미장원에 가서 머리를 예쁘게 단장하고 왔습니다.

남편은 그날 따라 일찍 퇴근하였습니다. 그런데 일이 바빠 점심을 걸렀기 때문에 그 당시 배가 몹시 고팠습니다.

남편을 보자 아내가 애교를 부리며 물었습니다.

"여보, 내 머리 이뻐요?"

그러나 남편은 아내의 머리를 보지도 않으며 퉁명스럽게 말했습니다.

"손이나 닦고, 밥이나 빨리 줘!"

사랑은 만남에서 하나가 되므로 이런 경우에 키워나가야

합니다. 서로의 마음이 하나로 만나기 위해서는 우선 나누는 말부터 하나로 만나야 할 텐데 이 부부의 말은 서로 숨바꼭질을 합니다.

말이 되는 것 같아도 사실은 말이 아닙니다. 말이란 상대방이 있을 때는 주고받는 대화가 이루어져야 됩니다. 일방적인 말만 해서는 곤란합니다. 그것은 대화가 아닙니다.

"여보, 내 머리 이뻐요?"

아내가 이렇게 물었을 때 무엇이라고 답을 해야 될까요?

"흥, 밥이나, 빨리 줘."

이 답이 맞는가요, 틀린가요?
두말할 것도 없이 틀립니다.
이처럼 우리는 단순한 일상에서부터 틀리게, 옳지 못하게 살면서 함께 잘 살아보자고, 잘 살아가자고 합니다. 그러나 갈수록 길은 멀어지고 틀어지게 됩니다.

"응, 예쁜데."
"보기 싫어."

이 답은 둘 다 맞습니다.

긍정이든 부정이든 그 물음에는 바른 답이 되어서 둘은 바로 만나게 되어 다시 하나가 되는 길을 가게 됩니다.
예쁘다고 하였으면 예쁜 대로 노력할 것이고, 보기 싫다고 하였으면 다음에 다시 예뻐지려고 노력을 하게 될 것이기 때문입니다. 그런데 바른 대답은커녕 묻는 말을 싹 무시하고 자기 욕심만 채우려는, 깡패 같고 강도 같은 마음을 부리게 됩니다.

이 순간 머리를 단장하고 밥을 차려주어 먹는다고 하여도, 둘 사이에는 건너지 못할 업의 수렁이 생길 뿐입니다. 모든 것은 혼자보다는 둘의 마음을 하나로 했을 때 얻기가 더욱 쉽습니다. 속담에 백짓장도 맞들면 낫다는 말처럼 서로가 하나가 되는 연습을 함으로써 어려운 길도 쉽게 나아갈 수가 있고 힘든 길도 서로 의지하며 힘차게 건널 수 있습니다. 누군가와 함께 할 수 있는 기회는 항상 주어지고 있으나 스스로 지은 업에 가려져 자기도 어렵고 남도 고통스럽게 만듭니다.

설령 구겨진 감정이 있었더라도

업이란 상대가 있어야 일어납니다.

"여보, 내 머리 이뻐요?"

아무도 없는 데서 이 말을 하였다면 이는 남편에게 잘 보이려는 예쁜 마음을 닦는 연습이 되어서 머리 모양이 어떻든지 이미 마음을 닦는 만큼 예쁜 아내가 될 것인데, 남편이라는 상대가 있기에 남편에 의지하여서 업이 일어나게 됩니다. 지금 내가 짓는 업은 남편이라는 상대에 따라 선업이 되기도 하고 악업이 되기도 합니다.

남편의 "손이나 닦고, 빨리 밥이나 줘!" 하는 한마디에 그 집안에 악업이 생기게 됩니다.
아내는 거짓말 또는 꾸미는 말로 악한 일을 범하게 되고, 남편은 욕하는 감정으로 남을 부리는 악한 말이 되어버립니다.
이 업을 풀자면 결국은 둘이 살면서 각각 자신의 행복에서 떼어내어서 갚아야 됩니다. 그러니 아무리 노력하여도 괴로운 날이 더 많고 즐거운 날이 갈수록 멀어지게 됩니다.

"여보, 내 머리 이뻐요?"

아내의 물음은 단지 머리만이 아니라 머리를 통하여 남편에게 사랑받겠다는, 또는 사랑을 주겠다는 마음이 담겨 있는 방편의 언어인 것입니다. 그래서 남편은 그 마음을 서로 주고받아 하나가 되면서 사랑을 더욱더 키워 나가야겠다는 마음으로 머리의 예쁘고 밉고를 떠나서 대답을 합니다.

"응, 아주 이쁜데!"
"여보, 배고프지요. 밥 빨리 차려드릴께요."
"응, 배고파. 빨리 밥 차려줘요."

아내는 고마운 남편에게 밥을 통하여 부귀롭고 풍요한 마음을 베풀어주고 남편은 이 마음을 즐겁게 혼쾌히 받습니다.
이렇게 되면 그 동안에 설령 서로 비틀리고 구겨진 감정과 몰래 감추고 서운해 하는 감정이 있었더라도 점점 사라지게 되고, 사랑은 청정케 되어 두 사람은 더욱 더 하나를 이루게 됩니다.

또 서로에게 베푸는 풍요로운 마음 덕분에 그 동안 물질에 시달리며 살아왔다 하더라도, 이제부터는 집안에서 서로 베풀고 받는 마음의 복전(福田)이 바깥 세상의 부귀 영화를 불러들이게 됩니다.

세상 모두가 내 모습

. . . .

내가 날아오는 돌에 맞아 이마가 깨졌습니다.
돌이 내 이마를 깼을까요?
내가 돌에 맞아서 이마가 깨졌을까요?

비가 내립니다.
비가 나를 적십니다.
내가 비에 젖습니다.

드러난 모습은 어느 쪽도 다 옳습니다. 다만 하나는 비 쪽에서 본 것이고, 하나는 내 쪽에서 본 것입니다.

자식이 밖에서 싸움을 하고 들어왔습니다. 내가 괴로워 합니다.
자식이 나를 괴롭게 합니다.

내가 자식 때문에 괴로워합니다.

비에게 묻습니다.
"왜 나를 젖게 합니까?"
비는 대답합니다.
"나는 당신을 젖게 하지 않습니다."
자식에게 묻습니다.
"왜 나를 괴롭히냐?"
자식은 대답합니다.
"나는 어머님을 괴롭히지 않습니다."

젖은 사람은 있고 괴로워하는 부모는 있는데, 정작 적시는 비도 없고, 괴롭히는 자식도 없습니다.

항해하던 배가 뒤집혀 사람이 죽었습니다.
물이 사람을 빠져죽게 했습니다.
사람이 물에 빠져죽었습니다.

물과 사람을 하나로 보면 두 말이 다 맞기도 하고, 또 어느 말도 맞지 않기도 합니다.
만약 물이 사람을 빠져죽게 한다면 빠진 사람은 아무도

살아나올 수 없습니다. 그러나 사람이 물에 빠져 죽는 것이라면 물에 빠져죽지 않을 방법을 챙기면 됩니다. 수영을 배우거나 구명조끼를 입으면 됩니다.

원인을 모두 바깥에 둔다면

두 사람이 서로 욕하며 싸우고 있습니다.
저 사람이 나에게 욕을 해서 화가 났습니다.
내가 저 사람에게 욕을 듣고 화를 냈습니다.

만약 남이 욕을 해서 화가 났다면 이 세상을 살아가면서 남에게 욕을 안 먹고 살기는 어려운 일이니 나는 살아가는 동안 항상 어쩔 수 없이 화를 내는 괴로움에 시달려야 합니다.

그러나 만약 내가 욕을 듣고 화를 내었다면 나는 욕을 듣고도 화를 안 낼 수 있거나 화를 안 내는 법을 찾습니다.

왜 욕은 저 사람이 하는데 내가 화를 내게 될까요?

만약 내가 갑자기 큰 횡재를 해서 기뻐서 어쩔 줄 모를 때, 누군가가 욕을 한다면 나는 욕을 먹어도 욕 먹는 것조차도 즐거워할 것입니다.

욕은 저 사람이 하고 화는 내가 냅니다.

　분명히 서로는 떨어져 아무런 상관이 없습니다. 욕하는 사람과 내가 인연의 고리만 연결시키지 않으면 나는 화를 안 내게 됩니다. 내가 화를 내고자 하니까 화낼 사람을 찾게 되어 그 사람을 걸어서 화를 내고 있습니다. 모든 것은 나 자신으로부터 이어집니다.

　날아오는 돌에 맞아 이마가 깨졌습니다.

　돌이 내 이마를 깼을까요?
　내가 돌에 맞아서 이마가 깨졌을까요?

　분명히 내가 돌에 맞아 이마가 깨졌습니다.
　문제는 나를 때리는, 날아오는 돌이 아니라 바로 돌에 맞아 이마가 터지는 나 자신이 문제입니다.
　모든 일의 원인을 바깥에 둔다면 답도 바깥에 있으므로 죽을 때까지 살아도 구하는 답을 얻을 수 없습니다. 그러나 일어나는 모든 일에 대한 원인을 나 자신에게 둔다면 그 답은 내 안에 있으므로 언젠가는 얻게 됩니다.
　상대가 나에게 욕을 한다고 해서 내가 욕을 하고 안 하고는 순전히 내 자유 의사에 달려 있습니다. 이 자유를 잘못 쓰면 오히려 내가 나를 구속하게 되어 내 인생은 삶의 철창 속에 갇혀 괴로워집니다.

남이 내게 욕을 하면 그 사람이 욕하는 벌은 내가 주지 않아도 스스로 언젠가는 받게 됩니다.

그런데 그것을 못 참아 내가 욕을 한다면 전혀 그 사람하고는 상관이 없습니다. 내가 욕을 할 때 일으킨 악이 내 마음의 짐이 되어 내가 행한 악에 내 마음은 괴로워합니다. 눈을 뜨고 있으면 밝은데 스스로 눈을 감아 밝음을 외면하는 것과도 같습니다. 그러므로 언제나 내가 나를 해치게 되는 것입니다.

순간 착각이 일어났습니다. 내가 화를 내는 것이 아니라 저 사람이 나를 화나게 했다는 것입니다. 절대 그 누구도 나를 해칠 수도 없고 복을 줄 수도 없습니다. 바로 내가 나를 해치고 나를 복 있게 합니다.

거울을 들여다보며 화장하듯이

세상은 마치 거울 속에 비친 나의 영상을 보는 것과도 같습니다.

길을 가다가도 내가 잠깐 꼼짝 않고 서 있다면 그 순간 세상도 나와 똑같이 꼼짝하지 않습니다. 내가 걸으면 세상은 다시 살아나기 시작합니다.

모든 문제를 일으키는 바로 그 몸을 알지 못하면 항상 거울 속에 비친 허상을 쫓는 것과도 같습니다. 항상 모든 것에서 나를 주체 삼아 생각하면 문제를 푸는 첩경에 들어선 것과도 같습니다.

저 사람이 나를 때렸다.

내가 저 사람에게 맞았다.
내가 저 사람에게 나를 때리라고 했다.

저 사람이 나를 욕했다.

내가 저 사람에게 욕을 먹었다.
내가 저 사람에게 욕을 하라고 시켰다.

내가 거울 앞에 서 있습니다.
손을 들지 않으면 거울 속의 나도 손을 들지 못합니다. 내가 웃으니 거울 속의 나도 웃습니다.
우리는 시공간을 통해 흩어진 나를 찾고 있습니다. 그런데도 정작 나를 만나면 내가 나를 알아보지 못합니다.

지금 내 속에 새겨진 어떤 감정을 남에게 이해시키기 위하여 이를 한 편의 드라마로 제작하려고 할 때에 아마도 가장 적격의 배우가 있다면 바로 아내이고, 내 자식일 수밖에 없습니다. 그리고 그것을 극화하여도 지금 사는 그대로가 바로 내 속에 새겨진 그 어떤 것을 가장 잘 표현하는 모습입니다. 곧, 내 속에 있는 원판 모습대로 내가 사는 세상이 펼쳐지고 있습니다.

이것이 싫다면 이 원판을 다시 끼우면 됩니다. 이것은 마치 한정된 배우를 가지고 여러 종류의 드라마를 만드는 것처럼 바로 그 아내, 그 자식을 가지고 다시 새롭게 살 수 있는 것과도 같습니다.

이를 아는 사람은 자꾸 원판을 수정하고 제작하다가 보면 세상 모두가 그대로 자기의 모습이라는 것을 압니다. 그러면 이제는 세상에 속지 않고 자기 마음에 묻은 때를, 세상을 방편 삼아 거울을 들여다보며 화장하듯 이생의 인생을 뜻대로 살아가는 지혜를 얻게 됩니다.

제 3 장

한 생각이 한 인생

물 한 그릇

누군가에게 물 한 그릇 달라고 했을 때 그 사람이 속으로
'아이고! 못난 놈. 물 한 그릇도 못 가져다 먹다니' 하면서
물그릇을 탁 던지듯 주었다면,
그 물을 마실까요?

어느 가정의 저녁 풍경입니다.

가장인 남편이 저녁 식사를 끝내고 텔레비전을 보고 있
고, 아내는 부지런히 설거지를 하고 있습니다.

"여보, 물 한 그릇 떠와!"

아내는 들었는지 못 들었는지 더욱 설거지에 열중합니
다. 아마도 이것은 무언중에,

'내가 설거지를 하고 있으니 당신이 와서 먹으시오.'

하고 있는지도 모릅니다.

"여보, 물 한 그릇 떠오라니까?"

남편의 톤이 올라가자, 아내는 짜증스럽다는 듯 하던 설거지를 그만 중단하고 물을 따르며 속으로,

'아까 식탁에서 물을 먹거나 한 컵 따라서 갖고 들어가면 될 텐데, 꼭 나를 안 시키면 어디가 덧나는 줄 아나?'

하면서 거칠게 쟁반에 받쳐들고 마치 싸우려는 듯이 걸어갑니다.

식과 성품의 대차

지수화풍으로 이루어진 이 몸은, 눈, 귀, 코, 혀, 살갗, 뜻을 통하여 여섯 가지 업식(業識)의 알음알이가 생기게 됩니다.

이 여섯 가지 식의 몸을 '업식의 몸'이라 하고, 식을 이룬 이 몸의 바탕이 되는 몸을 '업성(業性)'의 몸이라고 구분할 수 있습니다.

우리 인생에서 어떤 괴로움을 풀고자 할 때면 이 식과 성품을 따로 살펴볼 필요가 있습니다.

아까 그 이야기로 되돌아갑니다.

남편은 아내가 퉁퉁거리며 돌아가는 그 정황을 눈으로 보지는 않아도 이미 다 잘 알고 있습니다. 아내가 설거지를

하고 있는데 도와주지는 못해도, 물 심부름 정도야 시키지 말고 직접 가져다 마셔야 된다는 것도, 이런 때 물을 가져오라 하면 아내가 짜증낸다는 것도 잘 알고 있습니다.

그러나 알면서도 버티는 것은 속의 '성품의 몸'은 알았다 해도 살아오면서 길들여진 겉의 '식의 몸'은 그렇지가 못하기 때문입니다.

어쨌든 성품의 몸은 미안한 줄 아니까, 아내가 물을 가지고 방으로 들어올 때는 짐짓 더 열심히 텔레비전을 보는 체합니다.

아마 드러내지는 않아도 한편으로는 미안해서 바르게 뻔뻔하게 받아먹을 수 없다는 것일 수도 있고, 또는 이 프로그램은 꼭 봐야 되는 것이어서 그렇다는 무언의 표현일 수도 있습니다.

아내는 물그릇을 탁 내려놓으며 퉁명스럽게 말합니다.

"여기 물 가져왔어요!!"

급하다는 듯이 퉁퉁거리며 나갑니다.

그러자 남편은 물을 가져다 마시며 아무런 일도 없었던 것처럼 다시 또 텔레비전을 봅니다.

그러나 이 한 가지 업은 많은 것을 서로 주고 받으며 새기고 있습니다.

아내가 바르지 않게 탁 하고 놓으며 톤이 높은 목소리로 말한 것은 비록 몸은 당신의 아내이니까 어쩔 수 없이 물을 떠오기는 했어도 속에 있는 성품의 몸은 물그릇을 탁 놓은 그만큼 남편을 속으로 쥐어박고 있다는 표현일지도 모르고, 퉁퉁거리며 다시 부엌으로 가는 걸음은,

'당신이 계속 이처럼 나를 조그만 일 하나에서도 위해주지 못하고 나만을 시키면 나는 이렇게 떠나버리겠다.'

하는 무언의 시위인지도 모릅니다. 이것이 오랫동안 쌓여서 차게 되어 나이를 먹게 되면 나중에는 남편이 하찮은 이야기 한 마디만 해도 쥐어박는 소리를 지를지도 모르고, '너는 너, 나는 나' 하고 마음은 따로따로 이미 헤어져 살아가는 연습을 하고 있는지도 모릅니다.

남편은 속의 성품에서는 아내를 위해주고 힘든 일을 안 시키고 도와주려 하고 겉의 식에서는 또 버릇처럼 시키고 있습니다.

아내는 성품에서는 이럴 때는 남편이 싫기는 해도, 그래도 식에서는 그래서는 안 된다고 하며 그냥 버릇처럼 살아갑니다.

남편은 아내가 물을 떠오면 성품에서는 어서 빨리 고맙게 받아마시고 싶어도, 식에서는 안 시킨 양 그냥 아내가

아까,

‘내가 식탁에서 물을 안 마셨으니 마시세요.’

하고 떠온 것처럼 덤덤이,

‘그건 네 일이야!’

하고 못 본 체하면서 잘못된 식을 지우고 있는지도 모릅니다. 아내는 성품에서는 그래도 남편이니까 어쨌든 공손히 물을 떠가야 된다는 것은 잘 알아도 식은 그렇지가 못합니다.

복을 깨고 업을 쌓는 부부

자, 그렇다면 우리는 물 한 컵을 통해 주고받는 업의 손익 계산을 한번 해봅시다.

남편은 물 한 그릇을 얻어 마시기 위해서 아내의 속마음으로부터는 경원당하고 겉으로는 멸시에 가까운 대접을 받은 셈입니다.

아마 밖에서 누군가가 물 한 그릇 달라고 할 때 속으로,

‘아이고! 못난 놈. 물 한 그릇도 못 가져다 먹다니!’

하면서,

‘여기 있다. 처먹어라!’

하며 물 그릇을 탁 던지듯 주었을 때, 그것을 안다면 그

물을 마시겠습니까?

아내는 소중한 남편에게 물 한 그릇 제대로 공양 올리지도 못하고, 치사하게 속에서는 마치 엄청난 손해나 본 듯이 화를 내었습니다. 남도 아닌 인생의 반려자인 남편에게 버리듯, 던지듯 그처럼 대했습니다. 자기가 무엇을 하고 있는지, 얼마나 큰 업을 짓는 것이란 것을 몰라서 그렇지 않다면 어찌 그럴 수 있겠습니까?

또한 남편은, 언제는 아내를 평생 위해주고 잘해줄 것처럼 속삭여 결혼을 해놓고는 잘해주기는커녕 마구잡이로 대하게 됩니다. 밖에서는 하찮은 남의 일도 앞장 서서 해주면서 집에서는 부엌에 가서 스스로 물 한 그릇 떠먹지 않고 가장 사랑하고 위해주어야 될 아내에게는 마치 큰 상전이나 된 양 아내를 부리며, 저처럼 아내를 슬프게 만들고, 저처럼 인생을 나쁘게 만들어간다는 것을 스스로 안다면 어떻게 하겠습니까?

이것은 하나의 극단적인 비유이긴 하지만 아내 또한 마찬가지입니다. 이는 분명 물 한 그릇을 가지고 둘 사이의 복을 깸과 동시에 업을 쌓고 있다는 것은 자명한 일입니다.

"여보, 물 한 잔 드릴까요?"

이제 남편은 그래도 법(法)을 열심히 공부한 공덕으로 자기가 얼마나 어리석게 살고 있는가를 알았습니다.

그래도 세살 버릇 여든까지 간다고 다시 똑같은 일이 반복되려고 합니다. 딴 때와 마찬가지로 미안한 마음을 감추며 짐짓 당당하게,

"여보!"

하고 부릅니다.

아내는 저 사람이 귀찮게 또 일을 시키려나 하고 짜증섞인 목소리로,

"왜요!"

하는 것이 마치 서로 개나 고양이 같습니다.

이 소리에 남편은 정신이 바짝 들어 공부해서 깨우친 마음이 돌아왔습니다.

한꺼번에 지나간 세월 속에 자기 잘못을 비추어 보게 된 남편은 이제는 방에서 일어나 걸어나가며 아내에게 말합니다.

"여보, 내가 무엇 도와줄까?"

아내는 늘 그러했듯이 앞으로 당연히 일어날 귀찮은 일

에 대한 대가로 퉁명스러운 목소리로,

"왜요!"

했는데, 갑자기 변화된 상황에 속으로 당황해 합니다. 한편으로는 고마운 마음에 그 동안 쌓인 업장이 무너져 눈물이 날 것 같기도 하고, 또 한편으로는 괜히 무안하며 미안하기도 합니다. 그러면서 하는 말이 물 한 그릇을 따르며,

"여보, 물 한 잔 드릴까요?"

합니다.

여기서 인생의 새로운 만남 속에 새로운 성품의 태양이 가족을 비추게 됩니다.

이처럼 식과 성품을 바로 보지 못하고 짓는 업은 복을 깨고 업을 쌓게 하며, 그때그때 식과 성품을 바로 보게 되면 항상 복이 쌓이고 업은 사라지게 됩니다.

괴로움이 본전

사람들은 남이 내게 못해주면
손해보는 것으로 착각합니다.
그러나 남이 나에게 못해주는 것은 당연합니다.

"여보, 이것 좀 치워줘요."

"응, 그래."

아내가 남편에게 말하면 남편은 즐겁고 기쁜 마음으로 얼른 들어줬습니다.

"여보, 이것 좀 해주세요."

"당신은 그것도 못해? 당신이 해."

신혼 초에는 그렇지 않던 남편이 이제 세월 따라 달라져 버렸습니다.

아내는 무척 속이 상하고 갑자기 비참해지는 기분이 들었습니다.

한번 길을 잘못 들어서면

혼인하기 전에는 눈짓만으로도 통하던 그이가 이렇게 변해 버린 것은 웬일일까요?

아내도, 남편도 이렇게 살고 싶은 것은 아닌데 마치 브레이크가 고장난 차처럼, 자기의 욕심이 짓는 업을 마음대로 제어하기가 어렵습니다. 그 좋던 신혼 시절을 다 잊어버리고 도대체 무슨 일을 잘 못해서 지금 이런 지경까지 왔을까요? 한 번 잘못 들어선 길은 아무리 달려도 목적지가 나오지 않습니다.

지금이라도 잘못된 마음의 길을 바로잡아 나가야 됩니다.

말하지 않아도 나를 위하여 청하지 않아도 일을 도와주는 남편은, 바로 그 일을 통하여 나에게 사랑을 베풀고 있고, 나는 그 일을 통하여 남편의 사랑을 받았습니다.

이럴 때면 베풀고 받음이 하나가 되어, 둘은 그 일을 통하여 더욱 더 하나를 이루게 됩니다.

그런데 어느새 아내의 마음에서는 남편이 말을 안 해도 알아서 해주는 사람이니 남편에게 이래라, 저래라 해도 된다는 식이 생긴 것입니다.

일을 통해서 저절로 사랑을 주고받는 것과 일을 시키고 일을 함으로써 업을 짓는 것은 서로 다른 일입니다. 업은 지을수록 쌓여가고 그것을 무너뜨리자면 힘이 들게 됩니다.

"이것 좀 하세요. 저것 좀 하세요!"

하고 남을 부리면 업은 점점 쌓여갑니다. 언젠가 자기가 남을 부릴 복이 다하고, 업이 더 크게 되면 이제는,

"이것 좀 하세요!"

하다간 냉대받기 일쑤이고, 누가 자기 일을 돕기는커녕, 핍박받고 오히려 부림을 당하게 됩니다.

내 이야기, 남의 이야기

우리는 항상 자기 이야기(내 몫)와 남의 이야기(네 몫)를 잘 챙기면서 살아야 됩니다. 내 몫을 남이 덜어주기를 바란다면, 과거에 지은 복이 많은 것을 빌미로 남을 부리면서 내 몫을 허물어뜨릴 것이 아니라 남에게 부탁하여 베풀어주기를 청해야 합니다.

그러기 위해서는 남에게 이래라, 저래라 하지 말고 먼저 자기의 이야기를 해야 합니다. 내 몫을 챙길 때라도 남도 존중하여서 상대의 뜻을 먼저 물어보아야 합니다.

“여보, 이것 좀 치우세요.”
“여보, 이것 좀 치워줘요!”
하는 것이 아니라,
“여보, 이것 좀 치워 주실 수 있어요?”
“여보, 저는 이것 좀 치우고 싶은데요, 당신이 도와주실 래요?” 하면서 그냥 내 말을 하며 그대로 물으면 됩니다.

만약 그렇지 못하면 비록,
“이것 해주세요.”
하고 부드러운 듯한 말로 존대를 했어도 남을 부리는 명령임에는 틀림이 없습니다. 이처럼 남을 부리는 업만 계속 짓는다면, 아내는 평생을 남편을 위해 일하고서도 한번도 제대로 대접받지 못하게 됩니다.

그때는 나 자신이 가장 잘 압니다.

잘해주던 남편이 안 들어주기 시작할 때면,

“아, 이제 내게 있던 남 부릴 수 있는 복이 다 사라지고, 내가 남을 부렸던 업이 되돌아오기 시작하는구나!”

하고 생각하면 됩니다.

이처럼 이미 내 복이 끝나고 이제는 업의 대가를 치뤄야 할 때가 왔는데도, 어리석게 이를 모르고 계속 남에게 원하 기만 하고 남을 부리려 든다면, 업의 대가를 치르는 것만이 아니라 더 심한 벌을 받게 되겠지요.

어떤 이들은 이미 벌을 받고 있으면서도 깨닫지 못하고 계속해서 남이 나에게 안 해준다고 원망하고, 해주기만을 바라며 스스로 고초를 부르기도 합니다.

상대방의 도움을 바랄 때면 자기 생각을 떳떳하게 이야기하고 상대방의 의사도 존중하여 물어보아야 합니다.

"오늘 일찍 와!"

어느 토요일 아침입니다. 출근하는 남편에게 아내가 말합니다.

"여보, 오늘 일찍 와!"

"응."

그러나 남편은 일찍 오지도 않고 전화 한 통도 없습니다.

아내는 화가 단단히 났습니다.

남편이 일찍 오면 남편을 부려서(도움을 받아서) 그간 미루어두었던 대청소를 하려고 생각하고 벌써 시작을 했기 때문입니다.

해가 지고 어두워져도 남편은 돌아오지 않습니다.

이미 벌려놓은 산더미 같은 일을 어쩔 수 없이 하니까, 일을 하는 것인지 화풀이를 하는 것인지 알 수 없게 되어버

렸습니다. 늦게 귀가한 남편과 그날 밤 무슨 일을 일으켰는
지는 말을 안 해도 잘 아실 것입니다.

여기서도 네 몫, 내 몫 때문에 문제가 일어났습니다.
부처께서는 이 세상을 '불타는 집'(火宅)과 '괴로움의 바
다'(苦海)에 비유하였습니다.
그런데도 사람들은 이 세상을 꽃밭이라 하고, 꿀맛 누리
며 사는 것을 본전인양 생각합니다. 이 세상에서는 분명 괴
로움이 본전이지 즐거움이 본전이 아닙니다. 그런데 대부
분의 사람들은 남이 나에게 잘해주는 것을 본전으로 생각
하고, 못해주면 손해보는 것으로 착각하면서 살아갑니다.
그렇지가 않습니다. 세상은 남이 내게 못해주는 것이 당연
하고 안 해주는 것이 본전입니다.

아내에게 착각이 생겼습니다.
남편이 당연히 나에게 잘해주어야 하고 나를 위해주는
것을 본전으로 생각한 것입니다. 그러면 이 아내는 평생을
살아도 남는 장사(삶) 한번 못해볼 것입니다. 잘해주는 것을
당연하다 생각하고 위함받는 것만을 본전으로 삼았기 때문
입니다.
우리는 사실 남는 것은 고사하고 밤낮 손해만 보는 장사

를 하고 살고 있습니다. 우리 인생은 남이 나에게 잘해주기보다는 잘못해주기가 더 쉽습니다. 자기 스스로가 남에게 받기 원하는 마음과 내가 남을 위하여 베풀어주는 마음을 대비시켜보면 답은 쉽게 나오게 됩니다. 그러나 남이 나에게 잘못해주는 것을 본전으로 생각한다면 저절로 이익이 됩니다.

이 사람은 남이 나에게 조금 서운케 하더라도 그것이 본전이기에 손해볼 것이 없고, 반대로 누가 조금만 잘해준다면 무조건 남는 장사를 하는 것이기에 죽을 때까지 남는 장사를 하게 됩니다.

아내의 일을 남편이 해주는 것을 본전으로 아는 사람은 평생을 살아도 본전 찾기가 힘드나, 안 해주는 것을 본전으로 아는 사람은 살면 살수록 남편이 해줄 날도 있을 것이니 무조건 남는 인생을 살게 됩니다.

당연히 해줘야 본전로 여기는 아내는, 만약 안 해줄 것 같으면 남편을 본전을 훔쳐가는 나쁜 사람으로 보게 되어 마치 도둑을 잡듯 대하게 됩니다.

"아니, 일찍 온다고 하고 지금 몇 시예요?"

이렇게 따지고 들기 시작합니다.

남편이 일찍 왔으면 아내는 이익이고 안 와도 본전인데, 내 식대로 와야만 본전이라고 여기고 있으니, 일찍 안 온 남편을 바로 본전을 훔쳐간 사람으로 착각하게 됩니다. 이처럼 스스로 손해볼 식을 정해 놓고 살아가면 하루도 마음 편할 날이 없습니다.

인생은 본전의 한계를 잘 놓고 나서 살면 살아갈수록 신나는 이익을 많이 만나게 됩니다.

욕심을 덜 부리면

다시 처음 이야기로 돌아갑시다.

"오늘 청소를 하려고 하는데 도와주실 수 있어요?"

아내가 이렇게 물었는데 만약 남편이 도와줄 수 없다고 대답해도 아내는 별반 기분이 상하지 않겠지요.

"이것 좀 해주세요."

당연히 해줄 것을 기대하고 묻는 질문에는 욕심이 50% 넘게 100%까지 들어 있습니다.

"이것 좀 도와주실 수 있나요?"

하고 상대방의 의사를 묻는 질문에는 욕심이 50% 미만입니다.

사람은 누구나가 내 좋은 것을 남에게 주려고(탐심) 했을 때, 만약 그 사람이 받지 않는다 해도 스스로 손해볼 것이 하나도 없음에도 불구하고, 내 욕심이 정해놓은 식, 곧 주겠다는 식을 이루지 못하여 화가 나게 되어서(진심) 어리석게도 업을 새겨놓게 됩니다(치심).

그러니 기대 수치는 50%-100%로 높아져서 그 수치만큼 괴로움을 스스로 받게 됩니다. 그러나 내 욕심은 50%만 부리고 상대방의 자리를 50%만큼 내놓고 묻는다면, 안 되어도 나는 손해볼 것이 없으니 화가 날 일도 악업을 지을 일도 없습니다.

만약 도움을 받는다면, 나는 부족한 것을 채워서 좋고 남편은 남는 힘을 베풀게 되어서 서로 주고받음이 그대로 손뼉치듯이 자연스럽게 이루어져서 하나가 되고, 안 도와줘도 그냥 그대로 서로가 지내온 대로 있으니 더 나빠질 것은 없습니다.

설사 들어주지 못할 경우라도 남편은 아내의 청을 못 들어준 것이 새겨져 마음에 빚으로 남게 될 것입니다. 그래서 다음에는 꼭 들어주려고 노력할 것입니다.

그렇게 되면 아내는 도움을 못 받아도 본전이고, 남편은 무형의 마음 빚을 새겼고, 남편이 빚을 갚을 대상이, 빚을 꺼줄 대상이 바로 나 자신이니, 서로가 끝까지 좋은 것을 주고받는 인생을 살아가게 됩니다.

못 살려고만 하지 않아도

어떤 순간에도 내 복을 잘 지키고 업을 짓지만 않으면
바로 복이 오는 순간을 맞이하게 됩니다.

초등학교 때 내 연필을 훔쳐가고, 툭하면 나를 때리던 사람이 출세하여 높은 자리에 앉아 있습니다.

"참 세상이 말세다. 도둑놈이 저런 자리에 있다니!"

이렇게 말한다고 하여 그 사람이 달라지는 것은 아무 것도 없습니다. 어떻게 되는 것도 아닙니다. 어떻게 되는 것은 오히려 나 자신인데 다만 나 자신만이 모를 뿐입니다.

누가 나를 해쳤을 때 그 사람을 욕하고 미워함으로써 그 사람이 어떻게 되는 것이 아닙니다. 상대를 해친 씨앗이 때가 되면 열매로 저절로 떨어져 스스로 그 벌을 받게 됩니다.

그러므로 문제는 상대가 아니라 바로 나 자신이 어떻게

되느냐를 아는 일입니다.

내가 해침을 당할 때 그것이 내가 뿌린 씨앗의 열매(과보)임을 바로 보지 못하면, 이러한 해침이 끝나는 그 순간에 바보처럼 또다시 그런 씨앗을 다시 심을 수가 있습니다.

내가 지금 남으로부터 해침을 당하는 이 순간은 내가 언젠가 심었던, 남을 해쳤던 씨앗이 이 응보(應報)로써 사라지는 순간입니다. 그런데 이를 바로 보지 못하고 또다시 남을 해치는 업을 짓는다면 나는 되풀이해서 해침을 당하는 업을 부르는 새로운 어리석음을 저지르는 것과 같습니다.

그때 왜 좋은 씨를 뿌리지 못했을까?

내가 업과를 받는 순간 무엇을 하고 있는지, 어떤 인을 다시 심고 있는지를 보지 못하면 점점 지금보다도 훨씬 더 못사는 인생을 맞이하게 됩니다.

현재 말로써 남을 해칠 수 있다는 것은 아직도 내게 복이 남아 있기 때문입니다. 만약 그 복마저 다 써버린다면 내 목숨을 빼앗기면서도 욕은커녕 오히려 두려워하고 불안해하는 축생의 삶을 살아야 될지도 모릅니다.

복이 남아 있을 때, 아직 내 인생이 남이 있을 때, 더 늦기 전에 미리 복을 닦고 업을 짓지 않아야 합니다.

아무리 열심히 좋은 일을 하다가도 순간적으로 욱하는 감정 때문에 불쑥 내뱉은 말 한마디로 그 공덕이 무너지고, 그 나쁜 씨앗은 부지런히 자라 언젠가는 내게 그 과보가 어김없이 찾아오게 됩니다.

"어, 나는 몰랐어, 정말 몰랐어!"

이 세상 사람들이 누구나 다 그렇고 그러니 서로 제 잘못을 봐주듯 대충 넘어간다고 하여도, 그래도 그 과보는 때가 되면 빈틈없이 찾아옵니다.
이것이 문제입니다.
열매가 열릴 때쯤 후회하며,
"왜, 내가 그 순간 좋은 인을 심지 못하고 그랬나?"
하고 가슴을 칠지도 모릅니다.

"아, 이제 보니 나를 해친 바로 그 사람이 내 묵은 빚을 삭감해주는 고마운 사람이었구나! 그 사람이 아니었다면 내가 어찌 그 빚을 다 갚을 수 있었겠는가? 그런데도 바보처럼 그 고마운 사람에게 고맙다는 말도 못하고 오히려 해치고 말았으니... 나는 어느 세월에 편하게 잘살 날이 있을까?"

이렇게 후회를 하여도 이미 때는 늦습니다.

세상에는 마음 편히 잘 산다는 사람보다는 못 산다는 사람이 더 많습니다. 아무래도 잘 살기가 힘듭니다. 그러니 못 살려고만 하지 않아도 우리는 상대적으로 잘 살아갈 수가 있습니다. 곧, 남에게 잘못하지만 않아도 우리는 잘 살 수가 있습니다.

남에게 잘하려고 애쓰지 말고 남에게 업을 짓지 않으려는 마음을 잘 지키는 것이 오히려 복이 됩니다. 어떤 순간에도 업을 짓지만 않으면 그 순간에 내가 지은 과거의 잘못은 소멸되고 바로 복이 오는 순간을 맞이하게 됩니다.

가진 것만 누려도

항상 가진 것만 쓰면서 그것을 통해 누리는 것을
기준으로 삼으면
못 가진 것도 못 가진 그대로 긍정적으로 쓸 수 있습니다.

우리가 이 세상을 살면서 가지지 못한 것이 많은 것 같지만, 가진 것 또한 많기 때문에, 가진 것만 잘 쓴다면 우리는 항상 원하는 것을 누릴 수가 있습니다.

오히려 가진 것을 다 누리지도 못하면서 항상 못 가진 것을 갖기 위해 노력하는 습관 때문에, 못 가진 것을 갖게 되는 순간 괴로움이 사라져야 하나, 또 다른 못 가진 것을 갖기 위한 괴로움에 스스로 빠지고 맙니다.

이 괴로움에서 벗어나기 위해 우선 가진 것부터 바로 써 보는 지혜가 필요합니다. 바로 쓰게 되면 즐거워지고 그 즐거움은 또 다른 즐거움을 키웁니다. 이 즐거움이 커지면 선한 힘이 되어 못 가진 것을 구하는 괴로움을 지우는 새 에너지로 변하여, 편안해지고 못 가진 것도 쉽게 얻을 수 있는 역량을 얻게 됩니다.

항상 가진 것을 쓰며 누리면 못 가진 것도 못 가진 그대로 긍정적으로 쓸 수 있게 됩니다.

아는 것을 쌓아서 이를 바탕으로 모르는 것을 얻어야지, 모르는 것에 집착해서 괴로워하다 보면 아는 것의 즐거움마저도 엎어버리고 소멸시킵니다.

내 속에 모든 것이 다 있으나, 내가 모르는 것은 그것을 드러내는 기술, 곧 지혜가 부족하기 때문입니다. 연마하여 기술을 닦아가듯 지혜도 성인의 바른 가르침을 통하여 열심히 닦아나가야 합니다. 커다란 돌 속에는 부처님도 있고 탑도 있고 별의별 모양이 다 있지만 이를 조각하여 드러낼 기술이 없다면 그냥 한낱 돌덩어리에 지나지 않는 것과 같습니다.

남편이 싫은 줄 잘못 알고

남편이 화를 내면, 나는 화내는 모습을 보는 것이 싫을 뿐인데, 잘못 착각하여 화내는 남편을 싫어하게 됩니다. 그러나 남편은 버릴 수 없기에 대신 죽을 때까지 남편이라는 괴로움 덩어리를 부둥켜안고 살게 됩니다.

남편이 싫은 것이 아니고 남편의 화내는 모습이 싫은 것이니 화내는 모습을 지우는 지혜를 배우면 될 것입니다. 얼굴에 검정이 묻었다고 얼굴이 싫은 줄 알고 머리를 잘라버리려는 어리석음은 범하지 않아야 합니다. 문제는 그 자체를 더럽히는 감정, 그것만 없애면 되는 것입니다.

어떤 이는 열 개 중 한 개만이 나쁜데 이 한 개 때문에, 그 한 개가 지니고 있는 괴로움에 폭 빠져 삶 자체를 괴로워합니다. 또 어떤 이는 열 개 중 세 개가 나빠도 일곱 개를 가지고 나머지 세 개를 좋게 만드는 노력을 하기도 합니다.

내 마음이 실제적이고 객관적인 현상과는 달리 내 욕심의 지표에 따라 움직이기 때문입니다. 이를테면 열 개 중에 한 개가 모자라면 나는 90%는 만족하고, 10%만 불만족한 괴로운 상황을 맞아야 하는데, 거꾸로 90%가 괴로운 모양을 짓고 90%의 시간이 괴로움에 잠길 때도 있습니다.

때로는 아직 열 개 중에 한 개만 이루고 나머지 아홉 개가 이루어지지 않았어도 90%가 기쁨과 보람과 자신감으로 차 있고, 10%만이 불안과 초조와 의심으로 남아 있기도 합니다. 이에 따라 90%의 시간과 공간 속에서 긍정과 긍지를 키우고, 나머지 10%만이 조심하며 자중하며 부정적인 상황에서 벗어나려고 노력해야 합니다. 그러면 쉽게 보람을 키우고 원하는 것을 성취할 수 있습니다.

문제는 있는 것에서 보람과 즐거움을 키우고, 나아가 없는 것을 채우며 가꿀 것인가, 없는 것에서 없음을 찾아내어 없는 것을 메우며 살아갈 것인가 하는 데에 있습니다.

다만 공부 하나만 잘 못하는데

건강하고 착하며 형제나 친구와 우애가 좋으며 말 잘 듣고 예의가 바른데, 다만 공부 하나만 잘 못하는 아이가 있다고 할 때, 그 부모가 다른 좋은 장점은 다 놓아두고 아직 이루지 못한 공부에만 집착하여 그 부족한 점을 메우려고 닦달을 합니다. 그래서 아이게게,

"공부해라, 공부부터 해라!"

하고 성화를 부린다면, 아이는 얼마 못 가서 전체가 다 나빠져 버릴 수도 있습니다.

우선 형이 공부를 잘하기 때문에 자기보다 더 나은 대접을 받는다 하여 형제간 우애에 금이 갈 수 있으며, 또 학교에 가서는 집에서 공부 때문에 쌓인 스트레스로 그 동안 잘 사귀던 공부 잘하는 아이에게 열등감을 느끼고 시기하고 질투하고 반목하게 되어, 마침내 장래의 밑천이 될 교우 관

계를 망쳐버릴 수도 있습니다.

날이 갈수록 부모 보기를 피하고 두려워하여 부모가 무슨 말을 하여도 한번에 바로 '예' 하고 대답하기는커녕 대들거나 뒤틀기 일쑤가 될지도 모릅니다.

아마 어른들도 똑같은 일을 가지고 하루에 수십번씩 반복하여 잔소리를 듣는다면 그 말이 천만번 옳다 해도 옳은 감정으로 들을 수만은 없을 것입니다.

이런 식으로 변하게 되면, 이제는 한 단계 더 나아가,

"공부도 못하는 주제에 말썽만 피워!"

하며 아예 착했던 아이를 문제아로 만들어버릴지도 모릅니다. 드러내놓고 문제아가 되지 않는다고 해도, 이제 내성적이고 음성적으로 변해 걸핏하면 병이 나서 부모를 괴롭히기 쉽습니다.

공부 못한다는 하나의 괴로움을 없애려다 오히려 그 괴로움을 전체로 확산시켜버린 결과가 되고 맙니다. 그러나 만약 거꾸로 아이의 좋은 점을 칭찬하고 격려하며 희망과 용기를 북돋으면서 키운다면, 좋은 점이 훨씬 많으므로 나쁜 점 하나 정도는 쉽게 극복할 수 있을 것입니다. 설령 끝내 공부를 부모 욕심만큼 못했다고 하더라도 부모가 정성을 들인 만큼은 스스로 노력하게 될 것이고, 아울러 좋은 점은 더욱 더 자라 나중에 사회 생활에서는 오히려 공부를

잘했던 아이보다도 더 훌륭한 삶을 살게 될지도 모릅니다.

즐거움을 키울까요, 괴로움을 키울까요?

괴로움을 만나 괴로움을 내면,
괴로움을 키움이요,
즐거움을 만나 즐거움을 내면,
즐거움을 키움이다.

즐거움 속에 괴로움을 만나도
즐거움만은 키운다면
즐거움의 공덕으로 괴로움은 사라지고,
괴로움 속에 즐거움을 만나서
즐거움만을 키운다면
즐거움의 공덕은
언젠가 봄꽃처럼 피어나리라.

남 속의 나, 내 속의 남

· · · · · · · · · · · · ·

이 몸이 괴로움이라는 번뇌의 꿈에 들면
번뇌가 다할 때까지는 그 꿈에서 깨어날 수가 없습니다.

며느리에게는 시어머니가 있고
시어머니에게는 며느리가 있다.
남편에게는 아내가 있고
아내에게는 남편이 있다.
부모에게는 자식이 있고
자식에게는 부모가 있다.

시어머니 속의 나

나는 시어머니께 하느라고 하는데 시어머니께서는 무엇
이 못마땅한지 밤낮으로 나를 괴롭힌다고 가정해봅니다.

"나의 시어머니는 나에게 잘못하고, 시어머니의 며느리
인 나는 시어머니에게 잘한다."

시어머니는 '나'에게 속해 있고 '나'(며느리)는 시어머니
에 속해 있습니다. 시어머니와 나는 따로 있으면서 하나인
셈입니다. 그러면 시어머니는 '나의 몫'이라고 할 수 있고
나는 '시어머니의 몫'이라고 할 수 있습니다.

시어머니가 나에게 잘못한 것은 내 몫이니 내 몫을 찾는
것과 같아 내가 갚을 업이 많아 그렇다고 할 수 있고, 내가
시어머니에게 잘한 것은 시어머니의 몫이니 시어머니가 받
을 복이 많아 그렇다고 할 수 있습니다.

나와 시어머니 사이에서 보면, 시어머니에게는 시어머니
가 없고 나에게만 시어머니가 있으니 이 시어머니 또한 나
의 일부일 수가 있고, 며느리는 시어머니에게만 있으니 며
느리인 나는 시어머니의 일부일 수가 있습니다. 그런데 며
느리가 나인 줄 알고 시어머니가 남인 줄 알면 괴로움은 사
라지지 않습니다. 며느리는 시어머니 팔자에 있고, 시어머
니는 내 팔자에 있습니다.

시어머니가 내 뜻에 안 맞는다고 함은 언젠가 내가 지어
놓은 내 몫을 갚은 것이고, 내가 시어머니께 잘한다 함은
언젠가 시어머니가 지어놓은 시어머니 몫을 찾아가는 것입
니다.

내가 대접받고 싶은 대로 살면

착각을 하게 되면,

"나는 시어머니에게 잘해드리는데 왜 시어머니는 나를 못마땅해 하나?"

하고 생각하게 됩니다.

이렇게 생각하는 한 시어머니로 인한 괴로움에서 벗어날 수 있는 답을 찾기 어렵습니다.

그러나 시어머니가 내 속에 있음을 알면 답을 찾기가 쉽습니다. 바로 시어머니가 내 일부로서 나와 하나인 셈이니 바로 시어머니를 나로 생각하고 살면 됩니다.

내 얼굴이 내 마음에 안 든다고 머리를 떼내어 갈아붙일 수 없고, 내 목소리가 내 마음에 안 든다고 성대를 갈아넣을 수 없는 것처럼 바로 시어머니 또한 싫으나 좋으나 나의 일부이니 어쨌든 있는 그대로 그냥 가꾸고 잘 대하면서 살아가야 합니다.

이미 생겨버린 얼굴을 탓하며 평생을 괴로워하며 살아가는 어리석음으로부터 떠나듯 권속 또한 이와 마찬가지로 더 이상 괴로움 속에서 헤매지 않아야 합니다.

내가 대접받고 싶은 대로 살면 시어머니는 나를 대접할

것이고, 내가 학대받고 싶은 대로 살면 시어머니는 나를 학대할 것입니다.

얼굴에 검정이 묻었다고 갑자기 흑인이 되는 것이 아닙니다. 검정을 닦아낼 시간만 마련하면 누구나 본래 면목을 되찾을 수 있는 것처럼, 내 일부인 시어머니에게 묻은 때만 잠깐 벗겨버리면 사이 좋은 고부간의 본래 면목을 찾을 수 있습니다. 중요한 것은 바로 시어머니가 나에게 짓는 업이 따로 있는 것이 아니라 내가 짓는 것이라고 생각하는 일입니다.

또 하나의 길

그러나 도저히 노력하여도 안 된다고 할 때는 내 속에 있는 시어머니의 길을 따르지 않아도 됩니다. 나는 내 속에도 있고, 시어머니 속에 며느리로 존재하고 있는 '나' 도 있습니다. 시어머니를 모시고 있는 나는 나인 나이기도 하지만, 시어머니의 며느리가 되어 있는 나는 나인 내가 아니라 시어머니 속의 며느리로서의 '나' 이면서, 바로 시어머니와 하나가 되어 있는 '나' 는 바로 시어머니의 일부가 되어 있습니다.

그러므로 이번에는 나로서 시어머니에게 잘하는 것이 아

니라, 시어머니에게 며느리로서 잘하는, 시어머니 속의 '나'로서 며느리의 길을 가서 하나가 되면 됩니다. 그래도 밖으로 짓는 답은 똑같이 나옵니다. 그러나 며느리 역할만 하게 되면 이는 바로 시어머니 자신이기 때문에 자기에게 못 하려고 해도 못할 수가 없습니다. 며느리는 바로 시어머니의 일부이기 때문입니다.

며느리의 도리

어느 날 시어머니 방을 청소하다가 그만 시어머니께서 아끼는 화병을 깼습니다.

"쨍!"

"너는 어째 그렇게 정신이 없이 덜렁거리니?"

"………"

속으로는, '일부러 깬 것도 아닌데 그까짓 것 하나 깼다고 사람을 무참히 구박하네!' 할지도 모릅니다.

내 속에 있는 시어머니를 대하는 길을 간다면, 며느리는 내 몸 바깥의 실제 시어머니가 화병을 깬 것을 가지고 나에게 어떤 업을 지어오는 그것과는 상관없이, 며느리인 나는 이러한 일이 있어도 내 마음에 들게 대해주는 시어머니를 대하듯이 대하면 그만입니다.

"어머니, 죄송합니다. 다음부터는 주의하겠습니다. 노여움을 푸세요."

겉식으로만 어쩔 수 없이 이렇게 공손하게 말하면서 속으로는 불만족스럽게 뒤틀린 채로 말하는 것이 아니라 겉과 속이 같은 마음으로, 바로 바깥에 속지 않고, 내가 원하는 시어머니를 모시고 살듯 진심을 다하면 됩니다. 그러면 기억할 수도 없는 과거에 지어놓은 업보에 속아서 또다시 업을 쌓아가는 잘못된 마음도 일으키지 않고 업을 소멸하는 참다운 길로 가게 됩니다. 그러므로 내 바깥에 있는 시어머니의 업보로부터 보호받을 수 있고 나를 못마땅해 하는 데서 일어나는 괴로움은 점차로 사라지게 됩니다.

시어머니 속에 있는, 시어머니 몫으로서의 나의 길, 곧 며느리로서의 길을 갈 때라도 답은 같습니다. 며느리로서의 도리를 다하면 됩니다.

이것은 개인으로서의 내가 아니라 마치 공인으로서의 나와도 같으니 바른 도리를 잃지 않아야 됩니다. 그러면 내가 시어머니를 대하는 것이나 며느리의 도리를 다하는 것이 성품에서부터 같다는 것을 알게 됩니다.

나와 시어머니가 따로 함은 바로 내가 시어머니와 한 가족이 되지 못했기 때문입니다. 만약 한 가족이라는 마음만 뚜렷하면 분명히 일어나는 업을 통해서 내가 시어머니 대하며 사는 것이나, 시어머니가 며느리 대하며 사는 것이나 그 업은 비록 틀리다고 하여도 바르게 오가는 업을 통하여 속에서부터 하나가 되니 시어머니가 없고 며느리가 없는 사람보다 훨씬 더 행복하게 살 수 있습니다. 그러나 어리석게 서로간에 스스로 만들어내는 괴로움에 못 이겨서 차라리 없는 게 낫겠다는 투의 업을 짓고 관계를 깨는 생각일랑은 말아야 합니다.

내 몫과 네 몫

나는 잘하는데 남편이 나를 괴롭힙니다. 그러나 남편은 내 몫이고 아내는 남편 몫입니다. 바로 내가 남편에게 잘하는 것은 남편 몫인데 내 몫처럼 착각하고 있는 것이고, 남편이 내게 못하는 것도 바로 내 몫인데 남편이 나를 해치는 것처럼 착각합니다.

내가 남편에게 잘하는 것은 바로 남편이 지은 복을 스스로 받는 것이고, 남편이 내게 못하는 것은 바로 내가 지은 업을 받는 것입니다.

자식에게 온갖 정성을 다하는데 자식은 야속하게도 이

마음도 몰라주고 자꾸 말썽만 부려서 괴롭게 합니다. 자식 키우기가 힘들다 함은 바로 나의 몫이요, 내가 정성을 다한다 함은 바로 자식의 몫입니다. 자식 키우기가 잘 안 되면 자식 속의 부모로서의 도리를 잘하면 됩니다. 길이 같은 것 같아도 때에 따라서는 자식 키우는 일과 부모 노릇하는 일이 서로 다릅니다.

자식이 시험을 보고 성적표를 받아오는 날입니다.

들어오는 모습을 보니 이 달도 좋은 점수가 안 나온 것 같습니다.

모양만 봐도 다 압니다. 속에서는 화가 납니다. 작은집 아이는 같은 학년인데도 시험을 보면 매번 한 두 개밖에는 안 틀려서 집안에서 항상 칭찬이 자자합니다. 우리집 아이는 지난달에도 열여섯 개나 틀렸습니다.

자식을 키우는 나는 내 자식만은 항상 만점 맞는 아이로 키우고 싶습니다. 그런데 타고난 내 복이 없어서인지 아무리 열심히 가르쳐도 뜻대로 되지 않습니다.

"너, 또 점수를 엉망으로 받았구나! 이번 달에는 몇 개나 틀렸니?"

화난 마음에 자식을 몰아붙입니다.

“… 스물 …”

“뭐, 스물 몇 개씩이나, 스물 몇 개야?”

아이는 한다고 했는데도 스물아홉 개씩이나 틀려서 고개만 숙이고 말도 제대로 못합니다.

엄마는 열 몇 개도 아니고 스물 몇 개가 나오니 이제는 화가 나서 말도 제대로 나오지 않습니다.

공부 잘하는 자식을 만들려면 때에 따라서는 야단도 치고 매로 때려야 하지만 그래도 잘 안 된다면 자식 키우기보다는 부모의 길로 들어가 부모 노릇 하는 편이 서로에게 이익이 됩니다.

부모 노릇 하는 길

학교 다녀오는 아이를 보니 벌써 주눅이 들어서 눈치를 살피니 엄마는 자식이 안 되어 보입니다.

‘저도 이번 달에는 한번 잘해본다고 열심히 한 것 같은데 성적이 뜻대로 안 나왔나 보다.’

엄마는 그것을 보니 아이가 공부를 하였는데도 점수를 잘못 받아 속상한 것과 또 야단맞을 것을 각오하고 미리 풀이 죽은 모습을 보니 참으로 안 되어 보입니다. 이 두 가지가 마치 내 일인 듯 가슴이 저며옵니다. 틀림없이 자식 마음이 내 마음입니다. 들어오는 아이를 엄마는 꼭 껴안아줍니다. 그리고 아이의 귓가에 속삭이듯이 말합니다.

"애야, 네가 공부를 열심히 하니 언젠가 잘할 날이 있지만 이렇게 풀이 한번 죽는 것은 사내 대장부가 가는 길에 영원히 부끄러운 일이다."

이처럼 위로하며 용기를 북돋아 주니 틀림없이 아이는 다시 공부에 대한 사기가 되살아날 것입니다.

우리에게는 자식을 키우는 길도 있지만 부모 노릇 하는 길도 있습니다. 때에 따라 현명하게 길을 선택하여 간다면 어떤 일을 하거나 서로 통해서 서로간에 한 마음을 이루게 됩니다.

콩을 심었는데 팥이 나왔다?

미래의 운명은 바로 지금 내가 선택하는 것입니다.
모든 운명은 내가 선택하여 스스로 받는 것입니다.

지금 살고 있는 모습들은 전부 과거에 뿌린 어떤 '씨앗'(因)의 '열매'(果)입니다. 다만 언제 그런 씨앗을 뿌려 놓았는지 모를 따름입니다.

비록 그렇다고 바로 이 순간에 자신이 심을 씨앗(因子)을 선택할 수 있는 권리는 모든 사람들이 절대 평등하게 다 가지고 있습니다.

그러므로 미래의 운명은 지금 내가 선택한 것입니다. 모든 운명은 절대로 누구 때문이 아닙니다.

무슨 씨앗을 심고 있는지조차 모르고 살아가는 사람들은 열매(果)가 열려도 내 것이 아닌 줄로 여기고, 내가 콩을 심었는데 팥이 나왔다고 착각합니다.

콩을 뿌리려고 나갈 때 뒤에서 시어머니가 닥달을 하며 당황해서 콩 대신 팥을 들고 나가 무엇을 심는지도 모르고 심고 나서 나중에는 왜 콩이 안 나오고 팥이 나오는가 하고 마냥 헤매이는 꼴입니다.

팥이 나왔다면,

'아차! 내가 나도 모르게 그때 팥씨를 심었나 보다!'

하고 즉시 긍정해야 합니다. 바로 그 순간 바르게 새 씨앗을 심게 되어 미래에는 원하는 열매를 얻을 수 있을 것이나, 스스로 짓고 받은 과를 스스로 부정하면 나는 사라지고 뭔지 모르는 씨앗을 또 심게 됩니다.

지금 누가 나한테 욕을 한다고 하더라도 앞으로 욕먹지 않는 인생을 살려면,

'어, 내가 나도 모르게 욕 씨를 뿌렸나 보다. 이제는 바로 보고 남에게 존경받는 씨앗을 뿌려야지!'

하고, 지금 받는 욕을 거름삼아 여기에다 단단하고 흔들림없이 존경받는 씨앗을 새로 심어가면 됩니다.

어머니의 아픈 가슴

오늘은 어머니 생일 잔칫날입니다.

가족끼리 화합을 하고 무엇보다도 어머니를 기쁘게 해드

리는 것이 이 날의 목적입니다. 그런데 시간이 되어도 동생이 나타나지 않고 속을 썩힙니다. 그리고 뒤늦게 술이 취해 와서 평소 쌓였던 감정을 드러내고 술기운을 빌어 형을 비난하며 말썽을 부립니다.

이 때 어떻게 해야 할까요?

지금 심어야 할 씨앗을 보면 어머니를 선택하여 어머니를 기쁘게 해드릴 것만 심어야 진정한 효도를 하게 되어 내 인생도 자자손손 기쁘고 즐겁게 화합될 것입니다. 그런데 이를 알고 참으려 하면 할수록 동생의 난동은 더욱더 심해질 뿐입니다. 이제 더 참지 못하고 내 감정대로 동생을 데리고 시비를 가린다면 분명 그 순간 어머니 대신 동생을 선택해버리는 것이 됩니다.

형은 참지 못하고 동생을 선택하여 동생한테,

"네가 어머니 생신날 이럴 수 있니?"

하면서, 이를 가지고 서로 다투고, 참지 못해 손찌검을 해서라도 버릇을 가르치려 듭니다.

그러나 그것을 보는 어머니는 가슴이 아픕니다. 직장도 잃고 근심 속에서 사는 막내아들이 제 무능함을 탓하며 괴로워하다 술을 마셨고, 그것이 가족들한테나 제 스스로에게 못마땅해 억지를 부리고 있다는 것을 아는 어머니는 가슴이 미어집니다. 그런데 형이 손찌검까지 하며 서로 불화

하니 그것 또한 가슴에 피멍이 듭니다.

　형은 잘 참아내지 못하면 감정에 휘말리어 어머니를 외면하고 결국은 물불을 가리지 않게 되어 함께 난동을 부린 꼴입니다.

　마침내 어머니 생일 잔치를 망치게 되니 형이나 동생이나 다 똑같은 사람이 되어, 다음부터는 좋은 날보다 싸우는 날이 더 많아질 것입니다.

　어머니 생신날 어머니를 위하는 마음을 끝까지 잊지 않고 화합하려는 목적을 달성하려면 어머니를 선택하여야 합니다.

　어머니를 끝까지 선택한다면 바로 지금 어머니를 제일 기쁘게 해드릴 일이 무엇인지를 찾아내어야 합니다. 아니면 아우 자리에 서서 아우가 못한 일을 형이 대신 해 줄 수 없을까 생각하며 선한 인을 쌓아나가야 합니다. 이 날의 목적을 위해, 동생에게 절하면 그 마음이 풀린다면 절이라도 해서 쌓인 오해와 서운한 감정을 풀어나간다면 이 둘은 다음부터는 만나는 날마다 더 좋은 날이 되어 항상 사이좋게 지낼 것입니다.

어떻게 여생을 살아야 하나?

"아이구, 내 팔자야!" 하며
팔자 탓을 하며 살아가야 할까요?

친구끼리 모여서 식사를 할 때도 먹기 위해서 모였으면 서로 저마다 먹고 싶은 것을 먹으면 될 것이나 서로 화합하고 단합하기 위해서 모였다면 싫어도 한 가지 음식을 시킴으로써 화합의 인을 심어나가야 합니다.

목적이 분명하다고 하여도 여기에 맞는 인을 바르게 심지 못하면 항상 뜻하지 않는 모르는 일이 일어날 것이며, 그 모르는 일로 인하여 알 수 없는 괴로움이 끝없이 쌓이게 됩니다.

스스로 모르는 인을 쌓기 때문에 나도 모르는 업과에 떨어져,

"아이구, 내 팔자야!"

하는 소리가 절로 나오게 됩니다.

항상 누구에게나 미래를 선택할 자유가 공평하게 부여되어 있습니다. 그러므로 미래는 맑고 깨끗하여 청정하기가 이루다 말할 수 없는 세계입니다. 여기다 무엇을 그리든 그 것은 그 사람의 자유입니다. 내가 원하는 것이 있다면 지금부터 원하는 모습을 그리기 시작하면 됩니다. 원하지 않는 모습을 그리지만 않아도 그로 인한 괴로움은 생기지 않습니다.

인생은 흔히 말하듯이 운명적, 숙명적인 것만은 아니고 내가 선택해나가는 것으로서 어느 때라도 마음 따라 스스로 운명을 만들어낼 수 있고, 마음 따라 스스로 숙명을 바꿀 수가 있습니다.

미래의 설계판

우리는 인생이 항상 즐겁고 행복하기를 바랍니다. 그리고 죽어서도 안온하고 편안한 곳에 머무르기를 바랍니다. 살아서는 복락을 누리고 죽어서는 극락에 태어나기를 바랍니다.

극락정토를 우리가 찾아가야 할 마지막 종착지로 본다면 현재 우리가 바르게 그 쪽으로 가고 있는가를 살펴보아야 하며, 그 길이 얼마나 멀고 험한지도 알아야 합니다.

　우리는 누구나 다 부자가 되어 멋있는 옷을 입고 좋은 장식으로 치장한 큰 집에서 좋은 차 타고 편안하게 살기를 원합니다. 그러나 바라는 이상과 처해 있는 현재의 모습과는 항상 괴리가 있습니다. 그것은 앞으로 헤쳐나아가야 할 업의 거리입니다.

　현재에 이 업의 공간 거리가 까마득하다면 다음 생에 갈 극락정토까지의 거리는 더더욱 까마득하여 갈 엄두도 내지 못하게 됩니다. 설혹 업의 장애를 보았다고 할지라도, 여기에서 벗어날 지혜가 없다면 앞으로 갈 길이 무명 천지이니 얼마나 갑갑하겠습니까?

　과거에 지은 인연의 복덕과 공덕이 많아서 현재 자기 몸이 부귀영화 속에서 살고 있어도 이 생에서 새 복을 짓지 않고 살아가는 사람은 당연히 다음 생에 갈 곳은 어두울 것입니다.

　곧, 이 생에서 전생에 지은 선한 복의 과보를 누리면서 이것이 이 생에서 내가 지은 복 때문이라고 착각하여 남에게 복을 함께 나누는 베풂이 없으면, 다음 생에 받을 괴로움판을 내 마음 속에 새기게 됩니다. 이 생에서 누리는 지금의 육신과는 전혀 다른 모습을 마음에 새로운 씨앗으로 심는 것입니다.

그러므로 아무쪼록 내 욕심판과 내 마음판이 잘 맞지 않으면 이 판을 맞추는 행(베풂음)을 열심히 닦아나가야 합니다. 과거의 복으로 인해 이 생에서 남들이 보기에는 좋다 하여도 내 자신의 마음판(내 미래의 설계판)이 편치 못하다면 다음 생에 그 마음 따라 편치 않은 과보를 받게 될 것입니다. 그러므로 지금 생에 열심히 남에게 복을 베풀어 선한 인을 심어 나가야 합니다.

지금 사는 내 모습(현재)은 바로 과거에 지은 과보의 형태(과거)요, 또 나아가 미래의 판(마음)을 가꾸는 삶이 됩니다.

꿈이 산란하고 괴롭다면 이도 또한 인과의 결과이기 때문에 다음 살아가는 것도 꿈판의 파장을 크게 벗어나지 못하여 미래판은 꿈속의 인생 그대로 짓게 됩니다.

전생에 지은 복덕과 공덕이 없어서 이 생에서 현재 괴롭게 산다 하여도 반성하며 항상 업을 닦고 남에게 복도 지어주고 또한 베풀어주는 행을 한다면, 다음 생은 활짝 열려있는 복덕의 길에 들 것입니다. 미래에 극락정토에 태어나려면 지금 이 생에서부터 내 마음의 방향을 극락정토로 정해야 합니다. 저 허공에 서는 나침판을 들고 서쪽으로 방향을 보아가며 갈 수가 없습니다. 죽으면 나침판은커녕 실낱 하나 이 생의 물건은 들고 가지 못합니다.

바로 내 마음 속에 극락심을 지녀야 길을 잃지 않고 극락정토에 당도할 수가 있습니다. 항상 극락심을 지니고 산다면 미래에 이르는 곳이 극락정토일 것이며, 이 생에서의 3년, 5년, 10년 뒤의 미래에서부터 극락은 아니 되어도 인간 복락을 여법하게 누릴 수 있고 나아가서 천상락을 얻을 수 있습니다.

이 육신은 과거세에 지어온 업보에 인연된 산물이기에 죽어버리면 소용이 없습니다. 내 육신을 따라 이생에 왔지만 갈 때는 이 육신을 버리게 되니 마치 입고 있던 옷이나 마찬가지입니다. 그러기에 살아서 이 육신에 집착하여 '나'라고 고집하지 않고 이 육신으로부터 인연한 모든 것을 헛것으로 보아가며 내 신식을 올바로 닦으면서 마음의 지표가 어디로 어떻게 가고 있는지 살펴보아야 합니다.

이 육신이 헛것인 줄 알고 마음을 밝게 하면 과거의 업보를 겪어도 괴로움은 없고 내 마음을 항상 맑고 밝게 지닐 수 있습니다.

이 생의 육신은 전생의 빚을 갚는 산물체일 따름입니다. 내 눈에 보이는 부귀영화도 허상에 지나지 않습니다. 그러하기에 항상 내 마음이 어디로 향하고 있는지 따라가 살펴

보아야 합니다.

무엇을 어떻게 잘못 살고 있는지도, 어디로 가고 있는지도 모르기 때문에 무엇을 닦아야 될지 모른다 하더라도 성인의 가르침에 따라 나를 닦아나가면 스스로 모르는 잘못까지도 서서히 닦이기 시작합니다.

내가 기도하는 동안에는 고통과 고난을 여의고 그 순간만큼 가장 진실한 삶의 당체로서 살 수 있습니다. 그렇게 되면 무명 업장이 한 순간 소멸되어 마음이 그 만큼은 평안한 곳에 안주할 수 있게 됩니다.

이 때 얻은 공덕은 조금씩 조금씩 현재의 운명 항로를 바꾸어 언젠가는 천국과 극락에 이를 진로를 얻을 수 있게 만듭니다.

우리는 항상 기도를 놓치지 않고 신식을 올바르게 닦는 연습을 게으름없이 행하여야 합니다.

한 생각이 한 인생

지금 일으키는 한 생각이 지금의 인생을 만든다면
바로 한 생각이 한 인생인 것입니다.

현재에 일어나는 과를 잘 보면 과거에 어떤 인연을 맺었
는지 분명히 알 수 있습니다.

어떤 씨앗(因)이 심어져서 어떤 연(緣)을 맺어 어떤 열매
(果)가 떨어진다는 이치에 맞추어 보면, 현재 받는 열매가
아무리 자신이 원하지 않은 인생이라 할지라도 그것은 그
렇게 되도록 자신이 지어온 것임을 알게 됩니다.

누구나가 원하는 멋진 인생을 살려고 좋은 씨앗을 뿌렸
다고 자부하겠지만 그 과보가 그렇지 않을 때는 연(緣)을 거
꾸로 타고 들어가 생각해 보면 감춰진 마음 속의 씨앗(因)을
알아낼 수 있습니다.

허망한 인생

어떤 사람이 잘못하여 책상 위의 잉크병을 떨어뜨려 방바닥이 잉크 자국으로 범벅이 되었는 데도, 모르고 그랬다고 합니다. 분명한 결과가 드러나 보이는 데도 모른다는 사실을 마치 약(藥)인 양, 무기인 양 쓰며 부정합니다.

열매를 보면 상식적으로도 알 수 있는 씨앗을 우리는 몰랐다는 말로 적당히 감추려고 합니다. 더 나아가서는 적반하장으로 거기에 잉크병이 있는 것을 미리 알았다면 엎지를 사람이 어디 있겠느냐는 식으로 잡아떼기도 하여 결국은 바른 씨앗(因)을 살필 수 있는 기회에 스스로 무명(無明)을 부릅니다.

그러나 열린 열매가 그렇다면 무슨 이유인지는 몰라도 잉크를 방바닥에 떨어뜨릴 행동을 지은 것은 자명한 사실입니다. 그 연을 인정하고 보면 분명 마음 속 깊은 곳에 잉크병을 그 순간에 떨어뜨릴 씨앗이 있었음을 찾을 수 있습니다.

그 이유를 알든 모르든 열린 열매를 보고 바로 그 인을 인정하면 잉크를 엎질러서 생기는 마음 속 괴로움, 곧 과보는 소멸될 수 있습니다. 이를 부정하면 지금 벌어지는 과보는 소멸되지 않고 또다시 씨앗이 되어 다음에 또 무엇을 떨어뜨려 깨고 엎지를 것이 분명합니다.

사과씨를 심어 잘 길러서 사과가 열렸을 때 거기에는 또 새로운 씨앗이 들어 있습니다. 이 새로운 씨앗은 조건만 맞으면 반복하여 한없이 사과의 열매를 맺고 또 씨앗을 이룹니다. 이와 같이 우리 인생도 행복이든 불행이든 자꾸 반복됩니다.

그러면 현재 우리가 지니고, 새기고 있는 마음 따라 바로 어떤 씨앗이라도 심을 수 있을 것이며, 또 어떤 연도 맺어 갈 수 있을 것이며, 따라서 이미 어떤 과보가 얻기 시작했거나 이미 이루었을 것입니다.

만약 남에게 안 좋은 꼴을 당해서 속으로,
"두고 보자!"
하고, 벼르는 마음을 일으킨다면 내가 과거에 심어놓은, '두고 볼 일'의 열매를 거두면서 또다시 누구를 해치는 일을 범하는 아수라 같은 인생을 연출하게 됩니다.
"너 다음에 두고 보자. 걸리면 가만 안 둔다."
하는 마음은 이미 과거에 지어놓은 어떤 악업의 씨앗이

오늘 까닭 모를 횡포를 당하는 열매로 나타난 것인지도 모릅니다. 그런데 이제야 간신히 그 빚을 다 갚을 기회를 만났는데 이 기회를 잘 다스리지 못하고 같은 다시 같은 씨앗을 심게 되니 어리석다고 아니 할 수 없습니다.

비록 복수를 해서 그를 해친다고 하여도, 내 몸이 악한 곳에 떨어지면 무슨 이득이 있을까요? 남의 한 목숨 뺏고 내 한 목숨 뺏긴다 해도 어리석은 일인데, 남의 한 목숨 빼앗고 내 목숨 열 번을 내놓아야 할 터이니 어찌 안타깝지 않을 수 있겠습니까?

시간에 따라 생하는 것을 인과라 하고, 공간에 따라 나투는 것을 윤회라고 합니다. 이 시공간 속에서, 윤회하면서, 인과를 겪으면서 살아가기 때문에 이것을 벗어나기 전에는 나의 진실된 삶은 발견할 수 없습니다.

그러므로 지금 일어나고 겪는 모습 속에는 참다운 인생의 실상은 없다고 할 수 있습니다.

시간으로 보면 현재 이 시점이 모든 인과를 멸할 수도 생할 수도 있는 때이고, 공간으로 보면 현재 이 자리가 모든 윤회를 계속하게 할 수도 서게 할 수도 있는 자리입니다.

부부 사이

부부 사이도 마찬가지입니다.

겉모습으로 부부는 시공간이 딱 맞는 존재입니다. 시공간이 맞아 있는 것처럼 실제로 부부 생활을 함께 이룬다면 얼마나 좋을까요? 그러나 그렇지가 못합니다. 어쩌면 끊임없이 동상이몽을 하면서 사는 것이 부부 사이인지도 모릅니다.

겉으로는 시공간이 비뚤어지지 않았지만, 실제로는 엄청나게 비뚤어져서 살아가고 있습니다. 이것은 어떤 인과와 윤회의 선상이 뒤틀려 있다는 말이 됩니다.

어떤 부부는 남편이 부인을 무시하고 마치 하인 대하듯 마구 부리며 살아갑니다. 어쩌면 전생의 삶 속에서는 주인과 종이었는데 이생에서는 부부의 모습으로 만났는지도 모릅니다.

주인과 종의 공간이 시간 따라 윤회하여 이생에서는 부부라는 모습으로 만나게 된 것입니다. 과거의 주인과 종이라는 연(緣)이 정(情)이 되어 만나서 서로 혼인을 하게 되었습니다.

그렇게 만나 살면서 비록 지나가버린 그런 인은 보지 못하지만 그 습력(習力)이 남아 있습니다. 그러니까 부인을 부를 때 자신도 모르게 마치 종 부르듯이 부릅니다.

"여보"

라고도 부르지 않고,

"어이, 야!"

하고 종 부르듯 부르며 살아갑니다. 그러면서도 부부간에 정이 있느니 없느니 탓하고 있습니다.

어떤 집은 아버지하고 아들이 한데 어울려 장난하며 노는 것을 보면 자식이 아버지한테 막 욕도 하고, 달려들고, 발로 차고 여간 난리가 아닙니다. 아버지는 꼼짝 못하고 잘도 받아줍니다. 어쩌면 전생에 서로 형제간이었다가 이생에서는 형이 아들로, 아우가 아버지로 만났는지도 모릅니다.

이처럼 우리의 외적인 만남으로 인연한 형상의 공간 속에는, 또다른 과거의 형상으로 지어졌던 공간의 업습이 그대로 남아서 작용합니다.

이를 벗어나기 위해서는 현재 만난 인연을 소중하게 여기며, 서로 부부답게 존경하고 사랑하며 살거나, 아니면 열심히 깨우쳐서 과거의 습력을 알아, 이생에서는 그때 못해준 일을 보충해주듯이 서로가 더욱더 잘해주는 인생을 살다 보면, 모든 것은 현재에서 청산되고, 미래에는 과거의 괴로움은 사라지고 복락을 함께 하는 삶을 살아가게 될 것입니다.

그리고 또 한편으로는 이렇게도 볼 수가 있습니다.

지금의 부부는 이생에서의 한 번뿐이 아니라 수많은 생을 살면서 부부의 인연을 맺고 살아왔을 수도 있습니다. 때에 따라서는 잘했을 수도 있고 잘못했을 수도 있습니다.

살아가는 세상마다 모든 부부의 모습은 천태만상이듯이 바로 그처럼 누구나 함께 살아왔고 또 살아가고 있습니다.

어쩌면 지금 부부로 만나 백년해로해서 죽을 때까지 사는 나날을 통하여, 그동안 다겁생에 걸쳐 부부 관계를 맺으며 살아왔던 과보를 다 겪게 될지도 모릅니다.

부부간에 서로에 대한 생각이나 감정은 한시도 머물지 않고 변합니다.

어떤 때는 남편이 차라리 없었으면 하는 때도 있고, 이것은 어쩌면 전생에 내가 내 아내를 버린 죄의 응보가 내리고 있어서인지도 모릅니다.

어떤 날은 남편이 그리워지기도 합니다. 어쩌면 전생에 금실 좋은 부부가 한순간도 떨어지기 싫어했던 과보가 지나가고 있는지도 모릅니다.

나는 다겁 생을 살아오면서 지어놓은 것들을 이 한 생에

압축하여 시시각각으로 날마다 받으면서 살고 있는지도 모릅니다.

자식이 속을 썩이는 것도 마찬가지입니다.

자식이 내 속을 썩여 괴롭다면, 바로 전생에 내가 부모 속을 썩인 과보를 이제 자식을 보고 깨달으라고 그러는지도 모릅니다. 그렇게 부모 속을 썩여선 안 되는 것이라고, 내게 이렇게 보여주고 있는 것인지도 모릅니다.

평생 동안 잘해줄 것 같더니

그러면 이것을 어떻게 보고, 어떻게 풀어나가느냐 하는 것이 중요합니다.

혼인을 하기 전까지는 평생 동안 나한테 잘해줄 것만 같던 남편의 태도가 신혼의 꽃다운 기억이 사라지기도 전에 바뀐다면, 처음에는 하늘이 무너지는 듯한 충격을 받다가도 시간이 흐르면 그러려니 하고 살아가게 됩니다.

처음에는 남 부끄러운 줄도 모르고 나의 핸드백이나 옷도 들어주고, 자기 옷도 벗어서 입혀주던 그이가, 결혼 한 지 몇 년도 안 되어 수박 한 덩이를 사도,

"네가 들어!"

한다면, 어느 시절 인생이 진짜인지 구별이 안 됩니다.

이 경우 전생 업연이 주인과 종으로 만났었다면 그럴 수 있을 것입니다. 전생에도 부부였다가 이생에서 다시 만났다면 또 그렇지는 않을 것입니다. 이도저도 아니면 전생의 어떤 응보로 이생에서는 내가 부림을 당하고 있는지도 모릅니다.

현재 부부라는 인을 심는 것은 좋지만, 또 한편으로는 부부라는 업과(業果)가 맺어졌으니 과보(果報)가 따르게 됩니다. 한 번 업이 생겨버리면 업은 과거의 산물이기 때문에 새로운 연은 계속 일어나게 됩니다.

그러므로 지금의 내 마음에 비치는 형상을 바로 보면, 어떤 인연 때문에 이러한 과보를 받는지 유추해볼 수 있습니다.

지금 어떤 씨앗을 새롭게 심고 있으며, 또 지금 이렇게 지어가고 있으면 어떤 결과가 올 것인지를 알게 되어, 이것을 어떻게 새롭게 풀어가야 할 것인지를 알 수 있습니다. 그렇게 한다면 현재에 그리는 그대로 미래를 만들어 나갈 수도 있을 것입니다.

우리의 인생이 과거의 인연에 의해서만 살게 된다면 현재는 현재의 인생이 아니고, 과거의 결과를 뒤늦게 사는 셈이니 현재는 없어지게 되고, 따라서 미래는 사라져버리게 됩니다. 살아도 내가 원하는 인생은 얻지 못하고 괴로움은 계속됩니다.

내 마음에는 육친 권속의 보따리, 친구의 보따리, 이웃의 보따리, 권력, 재물, 명예의 보따리 등 많은 보따리가 있습니다.

우리는 하나하나의 보따리를 오욕락으로 채우려 하고 있다.

이 오욕락이 다 만족되는 인생을 살 수 있다면, 그런 대로 두루 원만한 인생을 살게 될 것입니다. 그러나 이 오욕락의 하나라도 만족스럽지 못하게 되면 그때부터는 괴로움이 생깁니다.

몸이 건강한 사람은 물질에서, 물질이 풍부한 사람은 또 권속간의 일로 괴로움이 따르는 등, 어느 한 날 어느 한 곳도 괴로움이 쉬거나 멈출 때는 없습니다. 이 괴로움은 내가 과거에 지은 업을 깨우치기 전에는 계속될 수밖에 없고, 또 지금의 삶이 바르지 못한 연을 짓고 있으면 없어지지 않습니다.

나는 잘 해주는데 남편이 뜻대로 안 해주면, 이럴 줄 알았으면,

'차라리 결혼을 안했을 걸'

할지도 모릅니다. 그러나 안 하면 안 한 대로 한 것보다

더한 괴로움을 겪게 될지도 모릅니다.

업보란 스스로 만들어 따라다니는 것이지, 어떤 대상이 나를 좇는 것은 아닙니다. 잘못 받고 있다는 것은 과거에 내가 뭔가 잘못한 과보를 계속 받고 있는 것이므로, 어떻게 풀어야 할지를 모르면 끝이 나지 않습니다.

그것은 결국 고통의 원인을 모르기 때문이며, 안다 하여도 그것을 풀어나가는 인생을 살기가 어렵습니다. 더구나 모르고 사는, 목적지도 없는, 남이 가니까 나도 가는, 어디로 가는지도 모르는 내 인생길이 갑갑하고 답답할 수밖에 없습니다.

그래서 이 세상을 사바 세계, 괴로우면서도 괴로운 줄도 모르고 살아가는 고통의 바다(苦海)라거나 불타는 집(火宅)이라고 합니다.

천상의 복락도

선과 악이 있고, 사랑과 증오가 있고, 분노와 환희가 있고, 괴로움과 즐거움이 있고, 이익과 손해가 있는, 분별하고 살아가야 하는 이 세상에 괴로움이 없을 수 없습니다.

설령 복락만이 존속하는 천상에 태어났다 하여도, 시간이 흐르면 언젠가 그 복락도 쇠퇴하여 다시 윤회를 하게 되는 한, 천상의 복락도 한결같은 것이 아니기에 그 속에 괴로움의 씨앗이 자랍니다.

부모가 돈이 없어 다 죽어가고 있을 때, 길가에 돈이 떨어져 있으면, 그것을 주워다가 부모 공양을 안할 수는 없는 일입니다.

이 경우도 부모 공양의 큰 공덕은 따로 있고, 내가 남의 돈을 집어 쓴 죄업은 따로 있어, 그 공덕이 다하면 언젠가 죄업의 응보는 받기 마련입니다.

자식을 때려서 훌륭하게 출세시킨 공덕이 아무리 커도 이 공덕의 복락이 다하면 언젠가 때린 죄업의 응보를 받을 날이 오는 것도 마찬가지입니다.

어쩌다가 부모와 자식이 함께 나들이를 갔습니다.

아들이 아버지를 시원한 그늘에 앉아 계시게 하고 뜨끈뜨끈한 국수를 잡수시게 한다고 사들고 왔습니다.

이것은 아들이 부모에 의해서 출세한 공덕의 갚음입니다.

그러다가 아버지가 있는 곳에 다 와가지고 발을 헛디뎌 국물을 삼분의 일 가량 엎질러 아버지 옷자락을 적셔놓았습니다. 이것은 어쩌면 부모의 덕으로 출세한 공덕도 있지만 매맞은 과보의 응보일지도 모릅니다.

이렇게 계속해서 서로 주고받으며 살아가는 것이 이 세상 살림살이입니다. 그래서 우리는 항상 인과의 세계를 떠날 수 없고, 윤회의 세계를 벗어날 수 없습니다.

이 속에서 물욕, 식욕, 색욕, 명예욕, 수면욕의 오욕락을 좇아서 욕심을 부린 만큼 그 욕심 따라 괴로움이 일어납니다.

나를 닦는 사람이 나아갈 길

그러나 이러한 삶의 틀에서 벗어나는 새 길이 있습니다.

바른 법을 따라 나를 닦아나가다 보면, 지나온 세월 따라 새겨진 업을 따르는 운명의 색신(色身)은 점점 퇴색하고, 업을 벗어나 정명(正命)의 법신(法身)을 찾는 길에 들어서게 됩니다.

이런 가르침은 누가 준다고 얻어지는 것은 아닙니다. 스스로 지극한 마음으로 정성을 잃지 않고 정진해 나갈 때, 올바른 염(念) 속에서 바른 인생의 안정을 얻을 수 있습니다.

지금 내 마음에 한 생각 따라 일으키는 이 마음의 그림이, 바로 나를 이끄는 에너지가 됩니다. 이 힘이 양심을 저버리고 욕심을 따르는 욕기(欲氣)가 된다면, 우선은 좋다 해도 이미 보기 좋은 독버섯을 삼킨 것처럼 고통이 이내 뒤따라 옵니다.

그러나 욕심을 떠나서 양심을 따르는 선기(善氣)가 된다면, 모든 악을 물리침으로써 과거에 지은 악의 고통의 회오리바람을 벗어날 수 있고 자유로운 인생을 살아갈 수 있습니다.

지금 일으키는 한 생각이 지금의 인생을 만든다면 바로 한 생각이 한 인생인 것입니다.

그러므로 항상 나를 닦아나가는 생각을 하는 인생은 바로 깨달음의 생각을 하고, 깨우치는 인생이 되니 언젠가는 깨달음을 얻게 될 것입니다.

제4장

내 강아지야!

과학자가 되고 싶었던 아이

**삼 년만 선한 버릇의 선업을 새로 짓는다면,
그 버릇으로 남은 평생을 잘살아갈 수도 있습니다.**

어떤 아이는 전생에 훌륭한 과학자였는지 모릅니다. 그 아이의 소망은 유명한 과학자가 되는 것입니다. 전생에 연구하던 습관이 남아 있기 때문에 무엇이든 연구하고 관찰하고 실험해 보려고 합니다.

어느 날 어머니가 만들어 준 계란말이를 앞에 두고 잠재된 버릇 따라 이것이 어떻게 된 것인지 알아보려고 먹기 전에 이를 만져보고 풀어보고 으깨어보고 던져보기도 합니다.

이때 어머니 목소리가 벼락치듯 떨어집니다.

"음식을 가지고 장난치면 어떡하니?"

그 순간 아이는 소망하던 과학자에서 뚝 떨어지고 맙니

다.

야단맞은 기억밖에 없으면

어머니는 아이가 왜 그런 행동을 하는지 모르고 내 기준, 곧 어른 기준에 따라 선악을 분별했기 때문에 아이를 가르친다는 것이 오히려 잘못된 결과를 빚고 맙니다.

아이는 까닭 모를 야단을 마치 벼락맞듯 당했습니다.

그 아이가 커가면서 과학자 연습을 하기 위해 무엇을 만지려고 할 때면 그 야단맞은 기억이 항상 되살아나 움츠려들고 맙니다.

그 당시 부모에게 무슨 일 때문인지, 왜 그러는지 모르고 야단맞아 새겨진 파장이 크다면 어른이 되어서도 그는 알 수 없는 행동을 하게 됩니다. 무슨 물건을 옮기다가도 어머니 모습이 불쑥 보이거나 어머니 목소리가 들리는 듯하면 물건을 내 의지와는 반대로 떨어뜨립니다. 그러면서도 왜 떨어뜨렸는지 모르니 당황하며 허둥댑니다.

아이 적에 실수한 후 뒷처리하는 방법을 배운 적이 없고 가르침을 받기도 전에 먼저 야단맞은 기억밖에 없기 때문입니다.

어린아이가 우유를 먹다가 실수하여 엎질렀습니다. 그

때 곁에 있던 엄마는 깜짝 놀랍니다. 만약 그것이 좋은 양탄자에 쏟아졌다면 더욱더 놀라 소리를 지르며 나무라면서 후다닥 뛰어가서 걸레를 가져와서 닦아냅니다. 우선 아이보다도 양탄자가 아까워서 계속 야단을 칩니다. 아이는 엄마가 왜 그러는지 영문을 몰라 눈을 동그랗게 뜨고 두려운 마음으로 바라봅니다. 그러나 엄마는 정신이 없습니다.

그러면서 아이는 배우게 됩니다.

'아, 실수를 하면 저렇게 처리를 하는구나!'

나중에 엄마가 자기에게 신경을 써주지 않거나, 엄마가 못마땅하거나 밉거나 하면 아이는 이제는 의도적으로, 또는 무의식적으로 우유를 양탄자에 들이붓게 됩니다.

나중에 어머니가 나이 들어 무슨 일에 실수하거나 잘 몰라 아둔하면, 성인이 된 그는 엄마에게 배운 그대로 마치 종 대하듯 못 마땅해 하며 어머니를 야단칩니다. 또 내 자식에게도 어머니가 나에게 했던 그대로를 무심코 재현하게 되니 갑갑한 노릇입니다.

아이가 자라서 성인이 되었을 때 직장에서도 실수를 할 수가 있습니다. 그런데 실수를 저질렀을 때 처리하는 방식을 배운 바 없고 야단 맞은 기억만 새겨져 있으니 우선 야단맞지 않으려고 눈치를 보며 변명하기에 급급하게 됩니다.

누구나 하는 실수

실수는 항상 일어나고 잘못은 누구나가 반복해서 일으킬 수 있습니다. 되풀이되는 이 실수와 잘못을 바탕해서 어떤 씨앗(因)을 새로 심을 것이냐가 중요합니다.

가위는 훌륭한 옷을 만들어내는 이기이기도 하고, 사람을 해치는 무서운 흉기가 되기도 합니다. 쓰는 사람의 마음 따라 이기도 되고 흉기도 되듯이, 실수나 잘못도 마치 이 가위와 같습니다. 실수나 잘못을 범한 사람이 어떠한 마음으로 이 실수와 잘못을 다루느냐에 따라 선업도, 악업도 쌓을 수 있기 때문입니다.

한번만이라도 실수와 잘못을 잘 다루게 되면, 다시 말해 그 잘못을 긍정하면 앞으로 어떠한 실수나 잘못이 일어나더라도 그것을 통하여 바른 씨앗(因)을 심게 되므로 그만큼 잘못은 줄고 선업은 일어나게 되어 괴로운 업보를 줄일 수 있습니다.

그러나 이를 잘못 다루게 되면 또 다시 옳지 못한 업, 곧 속이거나, 꾸미거나, 둘러대거나, 화내거나 하는, 부정하는 악업을 짓게 되니 잘못은 사라지지 않고 또 실수할 씨앗만을 더 심게 됩니다.

선업을 짓는 버릇

만약 잘못하여 윗사람 앞에서 물건을 떨어뜨렸다고 해도 누가 야단칠 사람은 없습니다. 실수는 윗사람도, 그 누구도 다 할 수 있는 것이기 때문입니다.

그런데 과거의 잠재된 기억 때문에 우선 주변 상황을 돌아볼 겨를도 없이 허둥대며 떨어진 물건을 집다가 당황하여 또 다시 떨어뜨려 이번에는 그 물건을 아예 못 쓰게 만들어버리기도 합니다.

이 때 불자라면 자신이 원하지 않은 일이 일어난 것이 괴로움을 부르는 업보의 시작인 줄 알아서 바로 삼보께 귀의하는 마음을 갖추고 속으로 가만히 '관세음보살' 을 불러보아야 합니다.

바로 이 순간이 실수를 통하여 바른 인을 심고 선업을 짓은 순간이 됩니다. 관세음보살을 찾게 되면 다겁생래 지어온 죄업의 습기가 그 순간만큼은 머물고 주변 상황을 살필 여유가 생기게 되니 행동이 자연스럽게 될 것입니다.

윗사람이 주신 물건을 떨어뜨려 죄송한 마음가짐을 갖고 올바른 자세로 공손히 집게 될 터이니 이게 오히려 윗분에게는 믿음직하게 보입니다.

실수는 일어났지만 지금 이 실수에 바르게 대처하여 선한 인을 심게 되니 여기서부터는 악업이 사라지고 선업이 일어납니다. 그러므로 당황하고 허둥대는 일을 반복해서 저지르는 잘못된 습관이 저절로 사라지게 되며 이제부터는 존경받고 공양받을 수 있는 행동과 버릇으로 바뀔 것입니다.

속담에 세살 버릇 여든까지 간다는 말이 있습니다. 한번 길들여진 버릇은 죽을 때까지 못 버린다는 뜻도 되지만, 지금 자신이 아무리 실수하고 잘못하는, 악습의 악업을 가졌다고 하더라도 삼 년만 선한 버릇의 선업을 새로 짓는다면 그 버릇으로 남은 평생을 잘 살아갈 수 있다는 뜻도 됩니다.

나쁜 버릇

마음은 맑은 거울과 같아서
항상 스스로 비추어보면 다 알 수가 있습니다.

자식이 자꾸 말썽을 피웁니다. 한두번 말로 나무라던 아버지가 이제 자식을 큰소리로 불러서 앞에 세웠습니다.

자식은 불안한 표정으로 아버지의 눈치를 살핍니다.

아버지의 주먹 쥔 손이 바르르 떨립니다.

"자식이 말썽을 좀 피웠기로 왜 손을 떨고 있습니까?"

"한 대 때리고 싶어서요."

"그런데 왜 안 때리고 바르르 떨고만 계십니까?"

때리고 나면 떨릴 일은 사라질 것입니다. 그러나 때리고 싶은 의지를 참고 있으니 마치 브레이크를 밟고 또 액셀레이터를 밟은 것처럼 손은 그냥 그대로 부르릉거리는 형상을 취하고 있습니다.

이런 경우에 브레이크든 액셀레이터든 둘 중에 하나를 빨리 선택하여야 합니다. 그렇지 않으면 차는 망가집니다. 때리려면 때리고 안 때리려면 빨리 포기를 해야지 이것도 저것도 아니면 인생은 갈수록 망가질 수밖에 없습니다.

때리려는 손과 어루만지는 손

자식이 '밉다', '곱다' 중에 어느 하나만 선택하라고 한다면 당연히 '곱다'일 것입니다. 고운 자식이 미운 일을 한다고 고운 자식이 미운 자식으로 변하는 것은 아닙니다. 자식의 얼굴에 묻은 검댕을 보고 자식을 흑인이라고 할 사람은 아무도 없습니다. 그런데 잘못하면 검댕이 묻은 자식을 흑인이라 하고, 내 자식이 아니라고 부정하는 일이 벌어집니다.

문제는 왜 이런 착각이 일어날까요?

이는 나쁜 버릇 때문입니다. 버릇이란 부리기 전에 미리 잡아야 합니다. 부려놓고 후회해 보았자 결국은 손해를 감수해야 합니다.

인간에게 끼친 피해는 물질적 대상과는 달리 다시 복구

하기 어려울 뿐만 아니라 쉽게 없어지지 않으며 오히려 자꾸 커집니다.

아마도 이 아버지는 전생에 높은 자리에 있으면서, 아랫사람들이 내 말을 잘 듣지 않고 성가시게 굴면 불러다놓고 주먹으로 두들겨패곤 하였는지도 모릅니다. 이 버릇이 남아 있어 자식이 내 말을 잘 안 듣고 성가시게 굴 때면, 자식을 불러놓고 패려 하고 있는지도 모릅니다.

남에게야 내가 잘났으면 그것을 힘으로 표현하여 팰 수도 있겠지만 자식에게는 내가 아무리 잘났다 해도 그럴 수는 없는 일입니다.

그러면 자식을 앞에 두고 손을 떠는 이유는 무엇일까요?

첫째는, 옛날 버릇이 나와 대상을 가리지 않고 무조건 패려 하는 마음 때문입니다.

둘째는, 어쨌거나 고운 내 자식에게 화를 내는 것은 내 뜻과 같이 자식을 만들 수 있는 지혜가 없는 어리석음 때문입니다.

또 자식을 패는 것은 올바르지 않다고 여기는 마음도 함께 일어나게 됩니다. 그리하여 때리려고 나가는 나쁜 버릇에 길들여진 손과 자식을 어루만지며 일깨우려는 착한 아

버지의 손이 서로 다투게 되니, 당연히 손은 차가 부릉부릉
하듯 떨리는 것입니다.

이 아버지는 아랫사람들을 어질게 대해 주지 못하고 마
구 대한 악업의 대가로 오늘 이런 상황을 만났는지도 모릅
니다. 오늘 자식의 말썽을 바르게 어루만질 방법을 택하지
못하고 착각에 빠져 자식을 때리며, 과거의 나쁜 버릇을 재
연합니다.

그때 내 아랫사람에게 행했던 악습을 버리지 못하고 오
늘 또다시 내 자식에게 행하여 자식의 마음을 해치는 어리
석음을 저지릅니다. 설령 이를 깨우친다고 하여도, 이미 평
생토록 가슴 아픈 업보는 있게 될 것이요, 이를 모른다면
한번 해침을 당한 자식은 스스로의 인생이 위축되어 항상
떳떳하고 당당하지 못하게 되어서 남의 눈치나 보고 힘든
일은 피하는 나약한 존재가 되어 버릴 수도 있습니다.

그러나 아버지는 그런 자식의 모습이, 자기가 저지른 행
위로 인하여 만들어진 줄은 알지 못합니다. 아버지 스스로
가 자식에게 걸어놓은 꿈을 영원히 빼앗아놓고도 그 업보
라는 것을 영영 모르는 것입니다.

화난 감정을 풀어보면

어떤 자식도 아버지의 마음을 화나게 하여 주먹질까지 나오게 하겠다고 작정하고 말썽을 피우지는 않습니다. 또 아버지는 자식의 버릇을 올바르게 길들이려고 그랬다고 주장합니다.

겉으로 짓는 몸과 입과 뜻으로 짓는 것이 비록 옳아 보인다고 하여도 더 중요한 것은 자기 마음입니다. 중요한 것은 지금 어떤 마음을 전하고 있느냐 하는 것입니다. 겉으론 아무리 옳아도 화난 감정이 있다면 이는 결코 옳은 업을 짓는 것이 아닙니다. 화를 내는 것은 바로 남을 해치는 악한 업을 짓는 행위가 됩니다.

마음은 맑은 거울과 같아서 항상 스스로 비추어보면 다 알 수가 있습니다.

과거의 나쁜 버릇을 바로 보고 그때 바로잡지 못하면, 또다시 과거의 나쁜 습관을 계속하게 됩니다. 남을 해치면 그 업보는 남이 아닌 자신이 당한다는 것을 바로 보아 스스로 괴로움을 자초하지 않는 인생을 살아가야 합니다.

누구에게나 일이 잘 안 풀려 괴로울 때면 나오는 부정적인 나쁜 버릇이 다 있습니다. 그 순간, 이 나쁜 버릇을 마음의 거울에 비추어보아 잘 풀어내어야 합니다.

그것이 바로 그 괴로움으로부터 벗어나는 첩경이 됩니다.

짖는 부모와 달아나는 아이

마음의 병을 낫게 해 줄 생각은 않고
학교만 빨리 가라고 몰아붙이면
언젠가는 학교에 안가는 불구가 될지도 모릅니다.

아이가 아침 잠자리에서 금방 일어나지 않고 언제나 늑장을 부립니다.

그 아이의 어머니는 이제 매일 자식을 자리에서 깨워 세수시키고 학교 보내면서, 자식에게 신경질을 부리는 것이 습관처럼 되어버렸습니다.

아이가 어머니 뜻대로 되어주지 않아 화가 나는데도 어쩌지 못하고 겉으로만 부드러운 말로 달래서 학교에 보내다 보니 겉과 속이 다른, 그 솔직하지 못한 마음 때문에 신경질이 나는 것입니다.

견디다 못한 그 부인이 스승을 찾아가 지혜를 구했습니

다. 그 말을 다 들은 스승이 물었습니다.

"아이가 늦게 일어나면 화가 납니까?"

"예."

"그런데 왜 참고 그대로 내버려둡니까?"

"예? 그러면 화가 나는 대로 아이를 두들겨패야 합니까?"

"만약 감정대로 자기 육신을 놀리면 축생 되는 연습을 하고 있는 것입니다. 그렇다고 해서 아이를 꾸짖다 보면, 꾸짖는 습관이 반복되어 내 몸에 꾸짖는 마음을 가득 채워가게 되고 아이는 점점 더 꾸짖는 소리에 도망가게 됩니다.

나는 이 생에서 '꾸' 짖는 연습을 많이 한 업보로 다음 생에는 '짖는 짐승' 으로 태어날지도 모릅니다. 자식 키우면서 잘못한 업으로 나중에 물어뜯고 할키는 짐승의 몸이나, 짖는 짐승의 몸을 받는다면 어리석다고 할 수밖에 없습니다.

그런데 왜, 아이를 빨리 학교에 보내야 합니까?"

"지각할까봐 그렇습니다."

"지각을 하면 왜 안 됩니까?"

"선생님한테 혼이 날까 그러지요."

"선생님에게 혼이 날까봐, 엄마가 화를 내고 두들겨패고 싶은 마음(뜻의 업)을 감추고 꾸짖어 보낸다면, 아이의 입장에서 보면 학교에 늦어서 선생님께 괴로움을 받거나 안 늦기 위해 부모님께 괴로움을 받거나 모두 똑같은 괴로움을 겪게 됩니다."

과연 이것이 자식이 받을 괴로움의 업보일까? 아니면 부모의 화내는 마음을 자식이 게으름 피우는 데 걸어서 화풀이를 하고 있는 것일까요?

모든 것은 몸 밖에서 일어나나 괴로움은 내 안에서 일어납니다. 자식이 화가 나 신경질을 부모에게 던져주어서 그것 때문에 화가 나 신경질을 내는 것은 아닙니다. 화나 신경질은 내 안에 있는 것이지 누가 나에게 넣어 주는 것은 아닙니다.

그러므로 화는 내가 내 것을 꺼내어서 남에게 주는 것이고, 신경질 또한 내가 내 것을 부리어서 남을 해치는 것입니다. 내가 내 속의 화를 통하여 자식을 게으르게 만들어놓고 이것을 가지고 내가 화풀이를 하느라고 화를 내고 있는 것이 됩니다.

자식이 학교에 지각한다고 화를 내는 못된 욕심이, 바로 자식이 학교에 늦지 않게 가려는 복심(福心)을 훔치는 격이니, 내가 화를 부리는 욕심 따라 자식의 복은 사라지게 되어 결국 자식은 학교 가기 싫어하는 복 없는 아이로 변할지도 모릅니다.

만약 아이가 학교에 가기 싫어한다고 할 때, 여기다가 화를 내고 짜증을 내는 부모의 욕심은, 점점 더 학교에 가기 싫어하는 아이를 만드는 어리석은 결과를 불러오고, 또 그런다고 더욱더 화를 내게 되면 이 일은 끝날 날이 없는 세월 속에 갈수록 더 큰 악보(惡報)를 부르게 됩니다.

아이가 학교에 늦게 가려는 병에 들었다고 가정한다면 이는 마치 다리를 다친 아이와도 같습니다. 이때 부모가 아이의 다리를 낫게 해주면 제대로 걸음을 잘 걸을 터인데, 다리를 낫게 해줄 생각은 않고 걸음을 빨리 걷지 못한다고 닦달을 해댄다면 어쩔 수 없이, 성치 못한 다리로 빨리 걸으려고 하다가 영영 불구가 되어 언젠가는 걸음조차도 제대로 걷지 못하게 될 것입니다.

아마 부모는 그때 가서는 자기의 어리석은 마음이 빚은 결과인 줄도 모르고 팔자타령이나 하며 어쩔 수 없다는 듯이 체념할지도 모릅니다. 그대로 놓아두었다면 언젠가 제대로 걸을 날이 올지도 모르는데 아예 망쳐 버린 셈이 됩니다.

아이가 학교에 늦게 가려는 마음, 곧 마음의 병을 먼저 낫게 해주어야지 그렇지 않고 학교만 빨리 가라고 몰아붙

이면 언젠가는 학교에 아예 안 가는 불구가 될지도 모르고,
간다고 하여도 안 가는 것이나 똑같게 공부 안 하는, 못하
는 학생이 될지도 모릅니다.

사랑과 미움은 동전의 앞뒤 면과도 같습니다. 좋아하기
에 미워할 수도 있는 것입니다. 지나가는 사람을 좋아하거
나 싫어하거나 할 수는 없습니다.

아이를 바르게 키우려는 부모가 사랑의 정으로 아이에게
사랑스런 생각, 사랑스런 표정, 사랑스런 말로 사랑의 업을
지어가야 하는데, 무명에 가려 이것은 내 몸 안에 그대로
두고 거꾸로 화나는 마음, 짜증스런 표정, 몰아붙이는 말로
미움의 업을 짓고 있으면서 내가 무엇을 하는지 알지 못합
니다.

아이는 다른 아이들처럼 참된 마음에서 전해오는 사랑을
받지 못했는지도 모릅니다. 아이가 학교에 안 가려고 늑장
을 부리면 부모가 자기에게 관심을 가져준다는 것을 알고,
오로지 부모의 참된 사랑을 받고자 제 인생을 망치면서까
지 학교에 안 가려는 어리석은 마음을 부리는지도 모릅니
다.

아이는 학교 갈 때 늑장을 부리면 부모가 내게 정을 준다
고 착각하고, 그 관심이 비록 악상이라 하여도, 그 편치 못

한 이면에 있는 부모가 주는 사랑의 정을 고통스럽게 맛보
고 있는지도 모릅니다.

　다리 다친 자식의 다리부터 낫게 해주고 나서 빨리 걷게
하는 것이 당연한 것처럼 우리는 괴로움이 올 때면 항상 그
괴로움의 원인이 되는 병부터 낫게 해주고 나서, 감싸주는
마음을 베풀어 줌으로써 자기 인생을 불구로 만들어 가지
않게 됩니다.

자식 옷 한 벌

아이들은 부모에게는
거의 무방비 상태의 마음을 가지고 있습니다.
그러나 부모의 악한 기운에 쉽게 감염됩니다.

어느 날 어떤 부인이 백화점에서 자식 옷 하나를 사려고 갔다가 오랜만에 다정한 친구를 만나게 되었습니다. 그래서 그만 그 친구와 함께 저녁도 먹고 이야기도 하다가 서둘렀지만 늦어졌습니다. 집으로 돌아오니 그날 따라 일찍 들어온 남편은 화가 잔뜩 나 있었습니다.

아내는 미안해 하면서 말합니다.

"여보, 철이 옷을 샀는데 이 옷 예뻐?"

"얼마 줬어?"

남편은 그 말에는 대답도 안 하고 대뜸 값을 묻습니다.

아마도 아내가 친구 만나 돈이나 쓰고 다닌 게 아닌가 해서 묻고 있는지도 모릅니다.

"십만 원이요."

부인이 죄 지은 듯이 대답합니다. 아내는 다음달이면 아들의 발표회도 있고 해서 약간 무리를 해서 비싼 옷을 샀습니다. 딴 날 같으면 아들만을 끔찍이 위하는 사람이니 잘했다고 할 것인데 오늘은 기분이 안 좋은지 반응이 신통치 않습니다.

"아니, 그 딴 걸 십만 원씩이나 주고 사는 거요. 우리 형편에 어디 돈이 남아도는 줄 아나!"

남편은 역정을 냅니다.

이제는 아들 옷을 가지고 잘 샀는지 못 샀는지, 좋으니 나쁘니 합니다. 겉으로는 아이 옷 때문에 서로 언쟁을 하는 것처럼 보여도 실은 두 사람 사이의 감정 때문입니다.

아내가 연락도 없이 늦게 와서 기분 나쁜 것을 아이의 옷을 방편 삼아서 서로 다투고 있습니다. 아이가 입을 이 옷 속에는 두 사람의 미움 가득한 악의 파장이 마치 녹음 테이프에 노래가 녹음되듯 새겨지고 있습니다.

한번만 생각해도 알 수가 있습니다. 설령 잘못된 점이 좀 있다고 해도 지금 귀여운 아이가 입을 옷을 놓고 옳으니 그르니 부모가 다툰다면, 자식이 실제로 안 보고 안 들었다고 해도 안 보는 마음의 연줄로 다 알게 됩니다. 그게 실제보다도 컸으면 더 컸지 작지는 않습니다.

정작 그들이 모르는 것은 지금 그들이 자식을 해치고 있다는 일입니다.

단지 아이의 옷을 통해서, 살림살이가 현명하지 못함을 지적하는 이야기를 하는 줄 알겠지만 사실은 그렇지가 않습니다.

두 사람 사이에서 일어난 악한 기운의 파장은 그 옷에 가서 새겨졌습니다.

철없는 아이는 좋은 옷이라고 기뻐합니다. 그러나 그때뿐이고 아이는 웬일인지 기쁘지가 않고 편안하지가 않습니다. 때로는 그 옷을 입고 나가면 아이들에게 옷이 좋다는 부러움을 받기는커녕 시기 질투로 따돌림을 받게 됩니다. 그러다가 병이 나기도 합니다.

아이들은 부모가 약간만 말다툼을 하여도 금방 사기가 죽고 때에 따라서는 병이 나기도 합니다. 아이들은 부모에게는 거의 무방비 상태의 마음을 가지고 있습니다. 그러니 악한 기운에 쉽게 감염됩니다. 옷에 새겨진 기운도 같은 작용을 하게 됩니다.

내가 무슨 일을 저지르는지를 모르면 한순간 우리는 어리석음(치암심)의 어두운 공간에서 본의 아니게 귀중한 내 것을 스스로 잃게 되는 경우가 많습니다. 아이들은 미래의 '나의 주인'이 됩니다. 옷 한 벌은 비록 하찮은 것이라서 쉽게 없어질지 모르나, 이 옷으로 인연하여 한 순간에 아이가 받는 해는 살아가면서 더욱더 증폭되어 나갈지도 모릅니다.

모든 것은 인생을 참되게 복되게 아름답게 살아갈 수 있는 방편이 되기도 하지만, 때에 따라서 잘못 쓰면 인생을 쓰게 어둡게 슬프게 살아가게 만들 수도 있다는 것을 기억해야 합니다.

제대로 효도하려면

내 감정의 틀 속에 만들어둔
허상의 부모님을 없애야 합니다.

내가 상대에게 화를 내거나 미워하면 손해라는 것은 알지만 구체적으로 어떤 미움이 있고, 얼마만한 크기의 화가 있어, 그것이 어떤 파장을 불러올지는 잘 모릅니다.

내 마음 속에 있는 화의 모습을 바로 보아내지 못하면, 드러내지 않는 그 속에 얼마나 많은 악업이 잠재되어 있는지 모릅니다.

가까운 사람일수록 감정의 진폭이 크게 작용을 합니다. 부모 자식간이나 부부간에는 사랑도 남달리 크지만 증오도 또한 남달리 크게 쌓입니다. 정이 남보다 각별하기 때문입니다. 정은 번뇌를 일으키고, 정이 사랑과 증오를 함께 오게 하니 이것이 문제입니다.

가장 사랑하고 좋아하는 사람이 어쩌다 잘못되면 가장 증오하고 미워하는 대상이 됩니다. 그러나 더 큰 문제는 이 둘이 함께 공존해 있을 때입니다.

이를테면 부모가 자식을 때려서 공부를 잘 가르쳐 훌륭하게 만들었다 하여도 때린 죄는 죄대로 가고 가르친 공은 공대로 남게 됩니다.

매맞을 당시에는 왜 부모에게 매를 맞는지 이유를 알았다 하여도 나중은 매맞은 인연만 기억됩니다. 이 인연 따라 새겨진 부정적인 마음이 미워하는 마음을 낳게 되고, 이 미워하는 감정이 입력되어 나중에 부모를 해치게 되는 에너지가 됩니다. 그러나 매맞을 때 일어난 부모에 대한 증오심과 원심을 그대로 긍정하면 이 감정이 나를 부리는 것이 아니라 내가 이 감정을 다루게 되니 실제로 해치는 일은 일어나지 않게 됩니다.

따라서 이 감정을 잘 마무리하게 되어 결과적으로 악업을 지우고 복을 키우는 선업을 닦게 됩니다.

부모에 대한 미움을 긍정하면 부모로 인연한 이 괴로움이 심해져서 부모에게 노한 감정이 일고 이에 따라 증오심이 생김을 바로 보게 되어 부모를 미워하는 것은 잘못된 일이고, 이 매는 나를 선하게 만들어 미래에 잘 살게 하기 위한 일임을 인식하게 됩니다. 그에 따라 부모에 대한 사랑이 더 커지고 기쁨의 마음이 일어 오히려 미안하고 죄송스러운 감정을 갖고 즐거운 모습으로 부모님을 대하게 될 것입니다.

반대로 "부모님이니까 나를 때렸지만 미워하면 안 된다" 하고 강하게 버티면 겉으로는 그 매도 좋은 것으로 착각하게 되고, 부모를 해치려는 마음은 더욱더 깊이 숨어서 갈수록 어둡게 작용하게 됩니다. 자신은 부모의 공덕의 갚는다고 하지만 실제로 일어나는 일은 선한 너울 속에서 해치는 일을 저지릅니다.

모르면 갚는 일과 해치는 일, 이 둘을 모두 선한 일로 여겨서 악조차도 옳다고 착각하고 선으로 인식하며 살게 되니 항상 괴로움은 떠나지 않게 됩니다.

"어머니, 약 드세요."
하면서 앞에서 가서는 퍽 엎지르게 됩니다.
물론 실수라 하겠지만 일어난 일은 어머님의 약사발을 땅에 내던지고 약을 못 잡수시게 한 것입니다. 약을 드린다는 선함 속에 실수라며 악한 마음을 숨기는 것으로 서로,
"괜찮다."
"미안해요, 죄송해요."
하지만 마음은 편할 수가 없습니다.

또 자기가 부모님 덕택에 이만큼 출세를 했으니 효도한다고 부모님을 해외 여행 보내드리는 경우가 있습니다. 여행사에 돈을 주고 덜렁 나이 드신 두 분만 보내니 부모님 처지에서 보면 해외 여행이 아니라 마치 늙은이 민방위 훈련을 받는 것처럼 여행하고 돌아오게 됩니다.

"구경 잘하셨습니까?"
하고, 자식은 자랑스럽게 묻고 부모는,
"응! 덕택에 구경 한번 잘하고 왔다"
하여도 속으로는,
"노랑색 안내 깃발만 쳐다보며 깃발 따라 왔다갔다 해서 구경이라고는 그 노랑색 깃발뿐이다"
라고 할지도 모릅니다.
젊은 사람들 틈에 끼어서 가이드는 가이드대로 애들 다루듯 몰아붙이고 일행은 일행대로 꾸물거린다고 눈총을 주니, 그들의 눈치 보느라 마치 한동안 남모른 섬에 유배 가서 정신없이 살다가 오는 격이 될지도 모릅니다. 자식의 체면치레, 효도치레를 위해 껍데기는 선한 모습일지 몰라도 속은 결코 좋다고 볼 수 없습니다.

차라리 일년에 몇 번 일요일에 자식들과 함께 야외에 나

가 즐기는 것만 못할지도 모릅니다. 자신의 고통을 잘 마무리하지 못하고,

"어떻게 자식이 아버지를 미워하나, 그럴 수 없다."

하여 꼭꼭 눌러놓았던 그 화가 때가 되면 이처럼 작용하여 괴로움 속에 우리를 가둡니다.

미워함이 미운 데로 되돌아감을 미처 살피지 못하니,

"나는 효도해야지"

하지만 결국은 불효만 하게 됩니다.

진정한 효자라면 부모를 위할 때 부모가 겪으며 느낄 마음 속의 기쁨이나 즐거움과 함께, 허전함이나 고통도 같이 살필 줄 알아야 합니다. 미움을 미움 그대로 볼 수 있어야만이 미움을 다스릴 수 있고, 미움을 가만히 지켜보면 마치 구름에 갇힌 해가 다시 나오듯 은공만이 남게 됩니다. 이 은공 따라 효도를 함으로써 여러 겁, 여러 생에 걸쳐 쌓여 온 부모에 대한 은혜를 갚는 바른 길을 가게 됩니다.

자식한테 부모님에 대한 미움이 있다는 것을 긍정하여 보라고 하면,

"어떻게 자식이 부모님을 미워할 수 있습니까?"

하며, 마치 부모님을 미워하라는 말로 잘못 듣습니다.

내 감정은 내 것이지 부모님하고는 상관이 없습니다. 내 감정의 틀 속에서 만들어진 부모님에 대한 원망하는 마음

을 긍정하라는 것이지 그 감정을 일깨워 부모님을 미워하기 시작하라는 것이 아닙니다.

감정은 내 것입니다. 그러므로 내 감정 속에 만들어낸 부모님은 실제 부모님이 아니라 내 헛된 감정이 만들어낸 허상의 부모님입니다. 그러므로 그 허상을 지우기 위해서 그 허상에 집착된 내 마음을 보아 없애라는 것입니다.

내 강아지야!

성품과 식이 원만히 조화하지 못할 때,
말로 설명하여도 부족하고
성품으로만 감싸도 완전하지가 못합니다.

이제 결혼한 지 삼 년도 채 안 된 부부가 홀시어머니를 모시고 귀여운 아들 아이 하나를 기르고 있습니다. 어느 날 남편이 퇴근하여 기분 좋게 집에 돌아오니 집안 분위기가 여느 날과는 달리 이상하였습니다.

웬일인가 하고 아내에게 물으니, '당신 어머니'께 가서 물어보라고 합니다. 아들이 어머니께 여쭈니 이번에는 '네 처'에게 가서 물으라고 합니다.

상황은 이런 오해에서 비롯되었습니다.
며느리는 미국에서 나서 자라고 공부한 신식 며느리이

고, 어머니는 시골에서 논밭 팔아가며 오직 자식만을 위하여 유학까지 보낸 구식 시어머니입니다.

그런데 오늘 이런 일이 일어났습니다.

손자의 재롱을 보고 즐거워하던 시어미니가,

"아이고, 내 강아지야, 내 강아지야."

하며 갑자기 손자의 엉덩이를 찰싹찰싹 친다는 것이 그만 애를 울리게 되었습니다.

"함머니, 싫어! 함머니, 미워!"

아이도 때리는 할머니를 보고 울면서 말합니다.

그런데 문제는 여기 있는 것이 아닙니다.

며느리는 강아지라는 말의 속뜻을 모릅니다. '귀엽다'는 말보다 더 진실하게, 말로는 표현할 수 없을 정도로 귀엽고 예쁘다는 시어머니의 성품을 표현한 '강아지'의 속뜻을 모르고 자기의 귀여운 자식을 개새끼에 비유한 욕으로 이해하고 말았습니다.

이제 며느리는 그동안 자기 깐에는 구식 시어머니 모시고 고생도 많지만 성심성의껏 하고 있는데 내 자식에게 개새끼라고 욕을 한 시어머니를 앞으로 어떻게 모실 수 있겠느냐고 합니다.

이 두 사람의 뜻을 한꺼번에 알아버린 아들은 왜 집안 분위기가 이처럼 갑자기 식어버렸는지 이해하게 되었습니다.

아무리 아내에게, 시어머니에게 그 뜻을 설명하였지만 아내는 시어머니의 그 성품을 이해하지 못하고, 시어머니는 며느리의 그 식을 이해하지 못합니다. 흔히 이것을 세대 차이니 환경 차이니 하지만 사실은 식과 성품의 일치가 안 된 차이입니다.

어떻게 해야 남편은 아내에게 손자를 향한 더할 나위 없이 간절한 시어머니의 성품을 이해시키고, 어머니에게는 자식을 향한 아내의 그 참된 갸륵한 식을 이해시켜 이번 일을 방편 삼아 가족이 더욱더 하나가 되는 가정을 이룰 수 있을까요?

이처럼 성품과 겉으로 드러난 식이 원만히 조화하지 못할 때, 하늘에서 갑자기 먹구름이 나타나게 됩니다. 이런 일은 말로만 설명하여도 부족하고 성품으로만 감싸도 완전하지가 못합니다.

이처럼 짓는 업과 받는 성품이 교차되면서 생기는 괴로움에서 벗어나기 위해서는 어떤 마음으로 살아가야 할까요?

내 속에 너가 있고
너 속에 내가 있음을 알아

나와 너가 분명하면
우리 또한 분명하다.
내 몫, 네 몫 분명하면
이익 손해 분명함을 알아
우리 속에 하나 되면
나와 네가 우리 되고
이익 손해 사라져서
내 몫, 네 몫 한몫 된다.

제5장

때가 되면 가는 길

삶의 육하 원칙

알고 보면 내 곁에 있는 모든 것과
내 곁에서 일어나는 모든 일은 다 소중하고 귀합니다.
어느 하나도, 한 순간도 버릴 것이 없습니다.

삶의 여러 가지 모습을 전개하고 표현하려면 항상 육하(六何) 원칙을 따르게 됩니다. 특히 기사나 진술서 등 공신력이 필요한 글에는 철저히 육하 원칙을 적용하고 있습니다.

육하 원칙이란 "누가, 언제, 어디서, 무엇을, 왜, 어떻게"의 여섯 가지 조건입니다.

누구든지 자신의 삶을 이 육하 원칙에 바르게 맞추어서 살아간다면 나 자신과 세상과의 관계를 좀더 명징하게 파악할 수 있기 때문에 이 세상을 덜 괴로워하며 살 수 있고, 점차 보람있는 인생으로 바꾸어 나갈 수 있습니다.

내 삶의 주인공은 나

첫째로, 내 인생을 사는 것이 누구일까요?

"내 인생은 내가 삽니다."

하고 쉽게 말합니다만 대부분의 사람들은 선별적으로 살고 있습니다. 인생에서 좋은 것만 내 것으로 여기고 나쁜 것은 외면하고 피하려고만 합니다.

이를테면, 내가 화를 내고서도 그러는 나를 부정하고 남의 탓으로 돌리고, 또한 실수하여 잘못을 저질러놓고도 '모르고 그랬다' 며 스스로 행한 일조차 '모르고 착각한' 것을 앞세워 마음에서 부담을 떨치려고 합니다. 남 때문에 내 인생이 어긋났다면 내 인생의 주체는 내가 아니고 남이며, 모르는 것을 내세워 잘못을 가리려면 내 인생은 사라지고 맙니다. 인생의 주체가 항상 나 자신임을 인정하고 바로 보지 못한다면 내 인생은 영영 내 것이 될 수 없습니다. 내 인생은 좋은 것이든, 나쁜 것이든 분명히 내 것이며 나 스스로 좋게도 나쁘게도 만들며 살아갑니다.

내 인생의 주체가 바로 '나' 이기 위해서는 '모르는 부분' 도 '나' 라고 인정하여야 합니다. 모르는 부분도 '나' 라고 인정하면 모든 것을 긍정할 수 있는 '나' 가 존재하게 됩니

다. 그러므로 내 삶을 '긍정'하는 것이 내가 내 삶의 주인공
이 되는 길입니다.

현재, 바로 지금이 씨앗을 심을 때

둘째로, 어느 시간대의 인생을 살아야 할까요?

시간은 과거와 현재와 미래로 구분할 수 있지만 한 순간
도 머무는 법이 없습니다. 과거로부터 이어져 현재에서 바
로 곧 미래로 나아가고 있습니다. 현재 속에서는 과거의 과
보(果報)가 항상 맺어지고 있으며 또한 미래를 살아갈 새로
운 인(因)도 심고 있습니다.

과거의 나쁜 과보를 닦아내고 미래의 좋은 인을 심을 수
있는 시간은 바로 현재밖에 없습니다. 비록 과거의 삶이 내
뜻에 맞지 않는 것이었다고 하여도 현재를 잘 살아감으로
써 다가오는 미래는 얼마든지 내가 원하는 모습으로 만들
어갈 수 있습니다.

현재라는 시간 속에는 누구나가 원하는 미래를 선택할
수 있는 절대 평등한 선택권이 주어져 있습니다. 과거에 인
연된 업의 결과는 현재 어쩔 수 없다고 하여도 미래의 모습
을 지을 새로운 씨앗만큼은 누구나 원하는 대로 원하는 만
큼 뿌릴 수 있고, 가꾸어갈 수 있기 때문입니다.

지금보다 더 잘 살고 싶은 미래를 바란다면, 지금 바로 못 사는 과거의 업으로부터 벗어나 잘 살 수 있는 씨앗(因) 을 심고, 그 씨앗을 정성껏 키우면 됩니다. 과거로부터 인 연한 결과를 탓하느라고 그 결과보다 더 못한 씨앗을 심는 것처럼 어리석은 짓은 없을 것입니다.

그러나 우리는 걸핏하면 과거나 미래로 도망치고 맙니 다. 이때 어떻게 해야 할까요? 그러고 있는 나 자신을 책망 하고 미워해야 할까요? 아닙니다. 도망치고 있는 현재의 모 습을 아는 것이 중요합니다. 그것이 바로 현재를 사는 것이 고 그러면 인생은 바로 잡히기 시작합니다.

내 역할만 바르게 한다면

셋째로, 어떤 공간에서 살아야 할까요?

우리는 다중다변한 공간 속에서 인연 따라 수없이 많은 작은 공간들을 이 몸뚱아리라는 하나의 공간 속에 수용하 여 살아가고 있습니다.

자식의 역할, 부모의 역할, 아내의 역할, 남편의 역할, 이 웃의 역할, 친구의 역할, 사회인의 역할 등 수많은 역할을 이 한 몸에다 이루며 살아가고 있습니다.

지금 내가 처해 있는 공간과 처지는 지나온 삶이 총체적으로 집적되어 있는 곳이며 앞으로 발전하고 진보된 삶을 열어갈 바탕이 되는 곳입니다.

내 삶은 나와 인연 있는 많은 사람들에 둘러싸여 그들과 함께 나누며 꾸려가야 할 것이며, 그들 곧 부모, 형제, 남편, 아내, 자식, 이웃이 바로 내가 가장 잘 살 수 있는 곳입니다. 다시 말하면 부모의 역할을, 배우자의 역할을, 자식의 역할을, 이웃의 역할을 가장 적절하게 하는 것이 중요합니다.

그러나 지금 만나는 그 공간을 바르게 살지 못하고 거기에서 이탈하는 삶을 살 때는 내 공간을 영원히 놓쳐버리게 됩니다.

종로에서 뺨맞고 한강에서 눈물 흘린다는 말이 있듯이 바깥에서 난 화를 집에 돌아와 자식에게 화풀이를 할 경우가 있습니다.

아버지와 자식이 같이 살 때에, 아버지에게는 자식과 함께 나누는 삶은 바로 자식의 공간이고, 자식에게는 아버지의 공간이 됩니다. 그러나 아버지와 자식이 만나는 그 순간에 바르지 못한 공간의 업을 펼친다면 피차에게 자식의 공간과 아버지의 공간은 영원히 사라져 버리게 됩니다.

알고 보면 내 곁에 있는 모든 것과 내 곁에서 일어나는

모든 일은 다 소중하고 귀합니다. 어느 하나도, 한 순간도
버릴 것이 없습니다.

내 업의 스타일은?

넷째로, 삶을 무엇으로 살아가고 있을까요?

삶은 이 몸과 마음으로 인연하여 이어집니다. 이 몸과 마
음이 밖으로 나타내는 형태를 업이라 하며, 그것은 몸, 입,
뜻의 삼업을 통하여 열 가지 갈래로 나누어집니다. 곧, 우
리는 신구의(身口意) 세 가지를 도구 삼아 열 가지 업(살생,
투도, 사음, 망어, 기어, 양설, 탐애, 진에, 치암)을 지으며 살아
가고 있습니다.

이 신구의 삼업이 제 구실을 못하고 생기를 잃으면 이 몸
이 있어도 생명은 사라진 것과 다름없습니다.

세상을 살아가는 마음의 도구가 있다면 이는 곧 몸과 입
과 뜻의 세 가지 연장입니다. 이 연장을 얼마나 잘 다루느
냐에 따라 인생은 아름답게도 흉하게도 만들어집니다.

나 자신을 잘 살피면 세상을 살아가는 이 도구를 다루는
내 스타일을 발견할 수 있습니다. 내가 그것을 자유롭게 다
루기 위해서는 먼저 그 스타일을 파악할 필요가 있습니다.

행복하기 위해 산다?

다섯째로, 우리는 왜 살까요?

"당신은 왜 사십니까?"

과거부터 살아왔고, 지금 살고 있으며 또 앞으로 살아갈 것임에도 불구하고 누군가가 갑자기 사는 이유를 묻는다면 문득 갑갑해집니다. 그러나 종교를 진실되게 가진 분들은 사는 이유가 뚜렷합니다. 그들에게 사는 이유를 물으면,

"나는 부처가 되려고 삽니다."

"나는 천국에 가려고 삽니다."

하고 대답할 것입니다.

몸이 몹시 아픈 사람에게 살아가는 목적을 묻는다면 거의 다 건강을 원합니다. 그러면 건강해진 후에 그 몸으로 살 이유를 묻는다면 그에 대한 답은 얼른 나오지 않습니다.

불교를 믿는다 하면서도 사는 이유를 물어왔을 때,

"나는 부처가 되려고 삽니다."

하는 답이 쉽게 나오지 아니하고, 그냥 갑갑한 심정이 된다면, 인생 자체가 바로 그처럼 갑갑하고 무기력한 무명(無明)에 잠겨서 삶은 마냥 괴롭고 기약없이 찾아올 죽음을 두려워하며 불안해 하며 살게 될지도 모릅니다.

왜 사는지, 살아가는 궁극의 의의를 모르고 산다면, 끊임없이 알 수 없는 괴로움이 일어나 벗어날 길이 없게 됩니다.

삶의 목적이 바르고 분명하다면 바른 씨앗(因)을 심고 가꾸어 나가는 바른 연을 짓게 되므로, 지금의 괴로움은 바른 씨앗을 키우고 업을 소멸하는 거름이 됩니다. 물론 궁극적으로 성불은 못한다 하더라도 극락정토에 왕생할 수 있고, 이도 안 된다면 천상에라도 태어나 천상락은 누리게 됩니다.

사는 이유와 목적을 알고 살아간다면 미래 모습의 좌표가 이미 행복의 정토를 향하게 되어 이 생의 미래부터 분명 고토(苦土:괴로움의 세계)를 벗어나게 됩니다.

'성불하려고 삽니다', '천국에 가려고 삽니다' 는 종교인들이 살아가는 가장 큰 이유이며, 가장 뚜렷한 목적이며, 가장 올바른 신심(信心)입니다.

이와 같이 내가 현재 지금 처한 곳에서 몸과 입과 뜻의 세 가지 업을 바르게 지으며 성불하려고 살아간다는 다섯 가지 조건이 갖추어졌다고 해도 이제 마지막 문제가 남습니다.

오는 업을 잘 받아주면

여섯째로, 어떻게 살아야 할까요?

누가(모르는 것도 나이며, 인연 따라 일어나는 모든 것을 다 긍정하는 나)

언제(지금 살아가는 바로 이 순간, 이때)

어디서(나에게 주어진 역할)

무엇을(몸과 입과 마음으로 짓는 몸짓, 말, 생각)

왜(너나 없이 성불하려고, 모두가 함께 부귀하고 건강한 인생을 살려고)의 다섯 가지 조건이 갖추어진 연후에, 과연 어떻게 살아야 할까요?

어떻게 살아야만 여섯 가지 조건이 삶의 궁극적인 해답을 얻는 길로 나갈 수 있겠습니까?

남을 해치지 않고, 남의 것을 빼앗지 말고, 남을 속이지 말고 오는 업은 무엇이든 그냥 잘 받아주면서 그 받아주는 나를 완성해나가면 됩니다.

우리 인생은 살아갈수록 점점 진화되고 향상되어야 할 터인데 못 받아 주면 그만큼 뒷걸음질을 치게 됩니다. 그러므로 어떠한 괴로움이 오더라도 그 자리에서 잘 받아주어야 합니다.

예를 들어, 자식이 공부를 못해서 괴로울 때, 그것이 내가 과거에 지은 업의 응보로 오는 괴로움임을 알고 오히려 그 자식에 대하여 잘 응해 주고 잘 받아줘야 합니다. 내가 남의 시간과 공간을 빼앗고 해쳤던 만큼 괴로운 과보가 온 것이니 잘 수긍하고 참으며 기다려 주어야 합니다.

참고 살다보면 좋은 날이 있으리라는 어른들의 말씀처럼 어떠한 순간에도 잘 참아내어 기다려 주며 또한 잘 갚아 나가야 합니다. 남에게 욕을 먹어 화가 나더라도 같이 욕하지 말고 마음을 가라앉히고 잘 받아 주어야 합니다.

받아 주고 난 후에 앞으로 다시는 욕먹지 않겠다며 스스로 다짐해야 합니다. 그 다짐은 나 자신부터 남에게 절대 욕하지 않겠다고 결심함으로써 스스로의 마음에 단단하게 새겨질 것이며 또한 과거에 지은 그릇된 씨앗(惡因)을 자르게 됩니다.

나아가 더욱 구체적으로 새로운 바른 씨앗(善因)을 심어 가야 합니다. 이제 새 씨앗을 바로 심기 위해서는 남에게 베풀어 주어야 합니다.

남에게 좋은 말, 고운 말, 부드러운 말을 하는 것이 구업으로 가장 적극적으로 베푸는 행이 됩니다. 그럼으로써 욕먹는 열매(果)를 확실하게 갚아내고 미래에 원하는 모습을 내 것으로 성취할 수 있습니다.

다섯 가지 계율

틀림없이 된다는 일도 안 되기 일쑤이고,
막상 해놓고 보면 실속이 없고,
잘해주고도 모든 욕은 내가 먹는다면?

우리가 살아가며 지켜야 할 다섯 가지 계율은 불살생(不殺生)과 불투도(不偸盜)와 불사음(不邪淫)과 불망어(不妄語)와 불음주(不飮酒)입니다.

첫째로, 불살생이란 모든 생명을 죽이지 말라는 것입니다. 죽이지 않기 위해서는 남을 죽이고 해치는 살심(殺心)과 해침을 받을 때 생기는 원심(怨心)을 없애 나가야 합니다.

자신의 가족이 병고에 시달리고 관재구설과 시비송사가 끊이지 않고 앞길이 턱턱 막히는 괴로움에서 시달리고 있을 때, 그 괴로움에서 벗어나려면 우선 기도하면서 내 마음

속의 살심과 원심을 내려놓아야만 합니다.

내 마음 속을 자세히 살펴보면 마음 어디엔가에는 누구를 대상으로 맺힌 원심과 해치고 싶은 살심이 틀림없이 자리잡고 있습니다. 이것이 바로 나와 내 가까이에 있는 권속들을 해치고 있는지도 모릅니다.

그 업에서 벗어나려면 자꾸자꾸 그 마음을 내려놓아야 합니다.

둘째로, 불투도(不偸盜)란 남의 물건을 훔치거나, 주지 않는 물건을 갖지 말라는 것입니다. 그런 일을 없애려면 우선 남의 것을 넘보는 마음, 훔쳐보는 마음, 숨기는 마음, 의심하는 마음, 감추려는 마음 등을 없애나가야 합니다.

내 가족 권속들이 노력하여도 얻지 못하거나, 있어도 내 것을 스스로 쓰지 못하고 항상 남에게 시달리거나, 물질적인 풍요와 부귀가 남의 것인 듯이 여겨지는 분은 기도하면서, 우선 도심(盜心)이나 의심을 없애나가야 합니다. 남의 것을 내 것처럼 가져오거나 남의 것을 헐뜯는 마음이 도심이며, 이것일까 저것일까 하고 혼자 궁리하는 의심의 마음입니다.

이 마음이 일면 자신의 재물이 달아나고, 자기 권속으로부터 내가 혼자 궁리하며 정해놓고 생각하고 의심한 대로 받게 됩니다.

그러므로 투도업에서 벗어나려면 기도하면서 남에게 자꾸 베푸는 마음을 닦음으로써, 마음 속에 믿음과 여유와 풍요를 쌓아 이 도심과 의심을 자꾸자꾸 내려놓아야 합니다.

셋째로, 불사음(不邪淫)이란 남녀간의 올바르지 못한 사랑놀음을 하지 말라는 것입니다. 이런 일은 순간적인 쾌락의 탐닉만을 추구할 뿐 필연코 괴롭고 떳떳하지 못한 인생을 살게 됩니다. 궁극적으로는 그 결과를 확연히 알고도 저지를 사람은 없으나 육욕의 색락(色樂)에 빠져 병이 들면 어쩔 수가 없습니다.

여기서 벗어나기 위해서는 기도하면서 비꼬는 마음, 삐치는 마음, 비틀린 마음, 옹이진 마음, 경직된 마음, 남 모르게 해치는 마음, 남 모르게 방탕한 마음 등을 없애 나가야 합니다.

이런 일들은 의식주에 괴로움이 생기게 되고, 항상 일마다 비틀리게 되고, 뒤끝이 지저분해지고, 일을 할 때마다 남과 원수되기 쉽습니다.

기도하면서 항상 바르고 곧은 마음을 지니고 주변을 청정하고 단정히 가꾸어가면서, 항상 자기 마음에 새겨진 남 모르게 간직한 비밀들을 고해성사를 해서 비워내거나 부처님께 참회하는 마음으로 자꾸자꾸 바쳐야 합니다.

넷째로, 불망어(不妄語)란 남을 해치는 말을 하지 말라는 것입니다. 거짓말하거나, 꾸미는 말로 남을 기만하거나, 서로 이간질시키거나, 한 가지를 두 가지로 말하거나 아니면 맘에 들지 않는다고 욕하거나 헐뜯어 말하거나 하지 않아야 합니다.

망어업 속에 있는 사람은 근심과 걱정이 떠나지 않습니다.

틀림없이 된다는 일도 안 되기 일쑤이고, 막상 해놓고 보면 실속이 없거나, 사람마다 엉뚱한 일을 하거나, 엉뚱한 일만 일어나고, 잘해주고도 모든 욕설은 자기가 먹고, 자기가 한 일은 마치 닭 쫓던 개 지붕 쳐다보는 격으로 잘 잡히지가 않습니다.

이를테면 외출하고 집에 오니 방이 어질러져 있습니다.
"누가 이랬어?"
이것은 묻는 말을 빌어서, 속으로는 자식을 욕하며, 이것을 빨리 치우라고 자식을 축생 부리듯 몰아붙이는 마음입니다. 그냥 좋은 말로 불러서 치우게 하거나 아니면 자식을 위해서 자신이 좀 희생하면 될 터인데도, 자식 교육을 빙자

하여 사실은 자기 기분풀이를 하며, 자기 욕심대로 강요하고 몰아붙이고 있습니다.

그러면서도 나중에 자식 일이 안 된다고 근심과 걱정은 도맡은 듯이 합니다.

"엄마, 오늘 일찍 올 거지?"

"응."

쉽게 대답하고는 또 어제처럼 늦게 들어옵니다.

자기는 자식에게 그런 거짓말을 항상 하면서 자식이 공부한다고 약속해놓고도 공부 않는다고 밤낮으로 근심합니다.

말버릇 고치기가 참으로 어렵습니다. 자신이 항상 거짓말 속에서 사니까 남편과 자식이 항상 못 미더워서 한숨과 설움이 쌓이는 삶을 자초합니다.

이럴 때 기도하면서 남의 말에 정성스런 대답을 해주고, 자기 말을 할 때면 꾸밈없고 가식없고 숨김없는 진실된 말을 하여야 하고 항상 웃음 띠고 부드럽게 말하기에 자꾸자꾸 힘써야 합니다.

다섯째로, 불음주(不飮酒)란 술을 마시지 말라는 것입니다. 술이란 많이 마시게 되면 인사불성이 되고, 적게 마신다 하여도 자기 속 어딘가에는 적으나마 인사불성된 부분이 점점 쌓이게 됩니다. 그렇게 되면 잊어버려야 할 일은 더 집착하게 되고, 안 잊어버려야 할 일은 자꾸 잊어버리게 됩니다.

그렇게 되면 중요한 약속도 잊게 되고, 이렇게 해야겠다고 해놓고서도 깜박 지나쳐 큰 손실을 입기도 하고, 처음 세운 계획이 분명히 맞는데도 계획을 변경하여 실수를 저지르기도 합니다. 그러다가 무슨 일에 한번 취하면 빠져나오기가 힘드니, 만약 나쁜 운명에 걸리면 빠져나오는 데 아주 큰 고생을 합니다.

술을 마셔 취하면 평소에 밖으로 나오지 않았던 것들이 밖으로 나와 남들 괴롭힘으로써 자기 만족을 얻게 되니, 이런 습관이 들면 스스로 노력하기보다는 술을 마셔서 인생을 얻겠다는 식이 되어버립니다.

술이란 흩어지고 노는 유흥심을 일으킵니다. 술을 마시지 않아도 옳지 못한 사람들과 옳지 못한 재미를 즐기는 사람들은 건망증이 심해져 자기 인생의 중요한 것을 스스로 놓치게 됩니다.

아파트 15층에 사는 어떤 사람이 있습니다.

아래층에 내려올 때쯤이면 집에 가스렌지의 불을 껐나 안 껐나 깜박거리기 시작하여 다시 올라갑니다. 이번에는 주차장에 가서 차를 타려고 보니 열쇠를 두고 나왔습니다. 다시 가지러 올라가니 이번에는 아파트 문이 그대로 열려 있습니다.

이처럼 자기 가족에게 신경 안 쓰고 다른 짓을 하면 불안한 마음에 정신이 없어집니다. 부모가 이러하니 자식이 공부로 출세하기는 어렵고, 아무리 노력해도 될 듯 말 듯해서 마치 놀림을 당하는 듯 일이 되지 않습니다.

무슨 일이 막히고 갑갑하고 답답할 때면, 이생이 아니더라도 과거세에 재물을 바르게 쓰지 못하고 지나친 탐닉과 놀기에 혹해 받은 유흥의 업보임을 알아, 기도하면서 항상 염불과 독경 소리로 자신을 일깨워 질책하고, 참회의 절을 열심히 해나가며, 자기가 바라는 인생을 얻기 위해 바른 마음 갖기에 자꾸자꾸 노력해나가야 합니다.

세속적인 사랑, 아홉 가지

**습기가 있는 곳에 초목의 싹이 잘 자라듯이
세속의 사랑은 모든 고뇌의 싹을 한꺼번에 키웁니다.**

"모든 사람들의 세속의 사랑에는 반드시 번뇌가 따르기 마련이며, 습기가 있는 곳에 초목의 싹이 잘 자라듯이 세속의 사랑은 모든 고뇌의 싹을 한꺼번에 키운다. 따라서 이 세상을 사는 어리석은 사람들의 사랑은 아홉 가지로 나눌 수 있다."

세속의 사랑에 대한 부처님의 설법은 이러합니다.

첫째로, 빚을 다 갚지 못한 것과 같습니다.

가난한 사람이 돈을 꾸어다 쓰고 나서는 빚에 몰려 그 빚을 갚으려고 고생하며 열심히 돈을 법니다. 그러나 이자가 자꾸 늘어나서 노력하여도 이자만을 겨우 갚게 되고 원금에 대한 고통은 계속됩니다. 그런 사람도 사랑을 잊어버리라는 말을 들으면 한번쯤은 버려보려고 하지만 결코 사랑의 달콤함을 못 잊고 집착하게 되어 큰 빚을 갚지 못하여 진정한 깨달음의 길로 들어갈 수가 없습니다.

둘째로, 나찰녀와 혼인하는 것과 같습니다.
어떤 사람이 나찰녀를 아내로 삼게 되면 그녀는 자식을 잡아먹다가 급기야는 그 남편까지도 잡아먹어 결국은 지옥이나 축생에 떨어지게 됩니다. 어리석은 사람들은 사랑이 나찰녀인 줄도 모르고 애써 취하여 결국은 잡아먹히게 됩니다.

셋째로, 천성화(天性花)를 탐하는 것과 같습니다.
천성화를 사랑하는 사람은 그 꽃이 피는 나무 근처에 독사가 있어도 그것을 무서워하지 않고 꽃을 탐하며 꺾다가 마침내는 독사에 물려 목숨을 잃게 됩니다. 중생의 사랑은 천성화를 탐하는 것과 같습니다. 그 속에 무서운 독이 도사리고 있음을 미처 깨닫지 못하고 꽃을 함부로 탐내어 마침내 그 사랑의 독에 빠져 악도에 떨어지게 됩니다.

넷째로, 악식(惡食)을 모르고 먹는 것과 같습니다.

음식이 썩은 줄도 모르고 그 음식을 탐하여 먹으면 복통을 일으켜 피를 토하며 급기야는 죽음에 이르게 될 수 있습니다. 사랑도 이와 마찬가지로 애착하고 탐착하면 반드시 괴로움 속에 빠져 악도에 떨어지게 됩니다.

다섯째로, 사랑은 음녀(淫女)와 같습니다.

사람이 음탕한 여자와 놀아나면 그 유혹에 빠져 제 정신을 찾지 못하고 결국은 패가망신하여 후회해도 수습할 길이 없게 됩니다. 중생이 사랑의 포로가 되면 모든 선법(善法)을 다 잃고 추락하게 됩니다.

여섯째로, 사랑은 등나무와 같습니다.

등나무는 큰 나무에 엉겨붙어서 그 나무의 성장을 방해하고 차츰 그 나무를 시들어 죽게 합니다. 사랑의 등나무는 중생의 모든 선법과 선도(善道)에 달라붙어서 그 법과 길을 마르게 하고 막히게 하여 마침내 죽음의 길에 이르게 합니다.

일곱째로, 사랑은 상처 속에 생긴 혹과 같습니다.

상처가 생기면 그 상처는 곪아서 터지는 것이 당연한데 만약 환자가 치료를 게을리하다 보면 상처는 점점 더 커지게 되고 혹이 생겨 드디어 생명까지 위협받게 됩니다. 모든 사람들의 몸과 마음은 상처받기 쉬운 것입니다. 사랑의 화살을 맞고서도 치료를 하지 않으면 스스로 목숨을 버리고 악도에 나아가는 것과 같습니다.

여덟째로, 사랑은 폭풍과 같습니다.

폭풍은 때로는 산을 무너뜨리고, 거대한 나무도 송두리째 뽑아버리고, 해일을 일으켜 집채도 날려 버립니다. 애욕의 폭풍이 불면 인간의 온갖 도리를 다 무너뜨리고 쌓아온 온갖 공덕을 다 날리게도 하여 결국은 방황하다가 지옥에 떨어지게 한다.

아홉째로, 사랑은 혜성과 같습니다.

혜성이 나타나면 괴변이 일어나 많은 사람들이 굶주림과 질병을 얻게 되어 쓰라린 고통에 잠기게 됩니다. 사랑도 혜성처럼 모든 선한 마음의 뿌리를 끊어 버리고 사람에게 커다란 고독과 슬픔, 그리고 번뇌의 아픔을 가져다주고 죽음의 바다에서 표류하게 하는, 지울 수 없는 고통을 안겨다주게 됩니다.

때가 되면 가는 길

가는 길을 미리 알아 가기 전에 준비하면
두려움도 줄어들 수 있습니다.

사람의 목숨이 다하려고 할 적에는 사람의 몸 가운데로 404 가지 병이 점차 앞뒤로 찾아들게 됩니다.

또한 꿈이 어수선해지고 좋은 징조나 변고가 일어나 놀라고 두려워하기도 합니다.

꿀벌, 까마귀, 까치, 매, 독수리 떼가 자기 이마 위에 모여들거나 수많은 사람들이 집에 모여 오락가락하는 것이 보이기도 합니다. 또 자신이 푸르거나 노랗거나 하얗거나 새까만 빛깔의 옷을 걸치고 털이 더부룩한 말을 타고 달리면서 소리치기도 하며, 큰 개를 베고 누워 있거나 원숭이 같은 동물을 베고 흙 위에 누워 있기도 합니다.

죽었던 사람이 보이거나 더러운 그릇에다 음식을 먹거나 또는 차를 타고 함께 노는 것이 보이며 기름이나 우유 같은 것을 몸에 뿌리거나 먹는 것이 자주 보이기도 합니다.

뱀이 몸뚱이를 칭칭 감은 채 거꾸로 끌고 물 속으로 들어가기도 하고, 뛰놀다가 즐거워 깔깔 웃기도 하며, 좋은 옷을 입고 잿더미에 들기도 하고, 개미가 몸뚱이에 몰려드는 것을 보기도 합니다.

예쁜 여자나 사당(祠堂) 귀신이 보이기도 하고, 집이 무너지거나 사당과 절이 무너지는 것이 보이기도 하며, 또 수염과 털을 깎는 것이 보이기도 합니다.

이빨이 저절로 땅에 떨어지거나, 하얀 옷을 걸치거나, 스스로 벌거벗고 걸어다니다가 흙에 뒹구는 것이 보이기도 합니다. 다른 사람이 수레를 타고 집으로 찾아와 맞아들이기도 하고, 죽은 조상들이 검푸른 얼굴빛으로 나타나 앞에서 부르며 가자고 끄는 것이 자주 보이기도 합니다.

묘지 사이에 노닐면서 꽃과 구슬로 장식하거나 빨간 연꽃이 목 위에 떨어지거나, 크나큰 강물 속에 떨어져 물에 떠내려가거나 또는 밑 없는 큰 강에 거꾸로 떨어지는 것이 보이기도 합니다. 또 울창한 숲 속에 들어갔는데 꽃과 열매

는 없고 가시덤불만 빼곡해서 가시에 몸이 찔리거나 기와
와 돌에 몸뚱이가 짓눌리는 것이 보이기도 합니다.

가지도 잎도 없는 마른 나무에 올라 혼자 놀기도 하고,
깊은 숲에서 혼자 다니며 낄낄거리거나 마른 나무를 꺾어
짊어지고 다니다 깜깜한 집에 들어갔으나 문을 찾지 못해
헤매거나 돌 틈이나 바위 사이에 끼어 갇히기도 합니다.

산이 무너져 몸뚱이가 짓눌려서 구슬프게 울부짖기도 하
고, 큰 짐승들이 갑자기 달려들어 몸을 짓누르거나 먼지에
파묻히기도 하고, 염라대왕에게 끌려가 문초를 받기도 합
니다.

꿈에서 깨어나 온갖 두려움과 무서움에 가득 싸여서, "이
제 진실로 내 생명이 다하는구나!" 하고 속으로 외칩니다.
병은 드디어 위중해지고 고통 속에서 마음 또한 편치 못하
게 됩니다.

의원은 이를 보고 속으로 이렇게 생각합니다.

"이 이는 곧 죽을 것이다. 기색은 탕황(蕩黃: 매우 급한 모
습)하고 속눈썹은 산란하며 신체는 노랗고 입에서는 침이
흘러나오며, 눈은 어두워 침침하고 콧구멍은 뺀하며 얼굴
은 빛을 잃은 채 소리도 잘 듣지 못하고 냄새도 맡지 못하
며, 입술은 말려들고 혓바닥은 마른 채 그 모양이 창백하

며, 숨결은 고르지 못하여 혹은 늦기도 하며 혹은 빠르기도
하구나!”

“목욕을 시켜도 마치 목욕시키지 않은 것과 같고, 좋은
향을 피워도 환자가 맡기에는 역겨워 그 냄새를 싫어하구
나!”

“입은 맛을 알지 못하고, 귀는 소리를 듣지 못하며, 힘줄
은 오그라지고 숨결이 일정하지 못하며, 몸이 아파 연신 앓
고 피와 기운이 미약하며 몸이 점차 여위고 힘줄이 툭 불거
지며, 혹은 몸이 갑자기 비둔해지고 혈맥이 불쑥 일어나며,
두 뺨이 아래로 처지고 그 머리를 자주 떨며, 행동이 느른
하여 보기에도 아둔하고, 그 눈동자는 다른 때보다 몹시 검
으며, 눈이 보이지 않고 대소변이 통치 못하며 모든 뼈마디
가 풀리고 모든 감관이 일정하지 못하며, 눈과 입 속에는
온통 푸른 기운이 연결되고 숨을 헐떡이는 등 모든 변괴가
나타나고 있구나!”

이와 같이 목숨이 끊어지려고 할 무렵 염라대왕의 사자
가 앞에 이르러 쇠사슬로 얽고 화살을 쏘며 생사선(生死船)
에 싣고 죄수를 감금하여 곧 떠나려고 합니다.

온 집안 식구들은 환자를 둘러싸며 슬피 울고 탄식하며

어찌할 바를 모르고,

"슬프다, 어떻게 서로 이별할 것인가!"

하며 가슴을 치고 울먹이며 병자의 여러 가지 덕행을 칭찬하면서 속으로 애달파합니다.

이제는 도풍(刀風) 곧 칼바람이 불어 환자의 모든 골절을 도려냅니다.

모든 골절은 끊어지고 힘줄은 늘어나고 골수는 녹아내리며, 낯빛과 눈과 귀와 코와 입과 목구멍이 모두 푸르죽죽하게 됩니다. 이 도풍은 모든 구멍을 드나들면서 그 몸을 끊고 부수고 깎아내립니다.

몸뚱이의 모든 살과 무릎, 어깨, 옆구리, 배, 척추, 배꼽, 대소장, 간, 담, 허파, 심장, 이자 및 온갖 장부들을 모두 끊어 놓으며, 무엇을 먹거나 통치 못하게 하고, 열로써 죄다 마르게 하며, 사지가 오그라지게 하거나 뻗게 하고, 손발을 들어 허공을 휘저어 잡으려고도 하게 하며, 앉았을 적에는 답답해하고 때로는 껄껄 웃게 하기도 합니다.

몹시 탄식하는 그 소리가 몹시 애처로우며, 뼈마디마다 끊어지고 힘줄은 늘어지고 뇌수는 녹으며, 오관은 제 구실을 못하며, 몸은 차갑고 기운이 끊어져 다시는 알음알이가 없으며, 심장은 아직 따뜻하여 혼신(魂神)을 부지하고는 있지만 이제는 뻣뻣하기가 나무토막 같아 능히 움직일 수가 없습니다.

이때에 그는 마음이 초조한 채 사대(四大)는 모두 쇠락하고 미약한 목숨이 비록 남모르게 붙어 있으나 마치 사그라드는 촛불과도 같습니다. 그러나 그 마음속에는 의근(意根)이 아직 있으므로 평소에 지었던 선과 악의 길흉과 재앙을 스스로 생각하게 됩니다.

그러므로 선을 받들어 이를 자주 행한 이는 낯빛이 환하고, 악을 행한 이는 얼굴이 험하게 됩니다. 낯빛이 훤하면 반드시 좋은 길에 들게 되고 낯빛이 나빠 심념(心念)이 어지러우면 반드시 나쁜 길에 들게 됩니다.

악을 많이 행한 사람은 저승길을 갈 때 큰 불이 일어나 그 몸을 둘러쌈이 마치 산불이 일어 풀과 나무를 태우듯하고 연기가 자욱하며, 까마귀와 매와 독수리가 사나운 입과 발톱으로 뜯으려 하며, 흉악한 사람들이 온갖 흉기를 들고 찌르고 자르고 베려 하므로 몹시 무서워 멀리 짙은 숲을 보고 그리로 도망가 숨을까 하여 그 숲으로 뛰어들게 됩니다.

그때 바로 그 사람은 도산(刀山), 검수(劍樹), 니리(泥犁)의 지옥에 들게 됩니다. 지옥에 들어갈 사람은 이러한 무섭고 두려운 환상 속에 헤매게 됩니다.

그래도 악을 적게 행한 사람은 저승길을 갈 때 자욱한 연기와 먼지가 그 몸에 흠뻑 둘러 있는 것이 보이며, 또 사자, 범, 이리, 뱀, 독사 같은 사나운 짐승들에게 쫓기게 됩니다. 그러다가 늪과 개천과 깊은 물과 무너진 산더미와 크나큰 시내를 보고는 다급하여 우선 그리로 뛰어들게 됩니다.

그때 바로 그 사람은 축생(畜生) 속에 들게 됩니다. 이러한 환상에 시달리게 되면 이는 지은 업이 끌어낸 스스로의 업상이니 누구도 구원할 수 없어 바로 축생계에 들게 되는 것입니다.

만일 죄가 더 적은 사람이라면 저승길을 갈 때 즉시 사방에서 뜨거운 바람이 일어나 신체를 증울(蒸鬱)케 하여 가슴이 답답하고 배고프고 목마르게 되며, 멀리서 사람들이 칼과 몽둥이, 창과 활을 가지고 달려드는 것을 보고 피하기 위해 멀리 보이는 큰 성으로 뛰어들게 됩니다.

이러한 환상을 보는 이는 그때 바로 아귀 속에 떨어져 들어가게 됩니다.

행이 한결같지 못하여 혹은 착하기도 하고 혹은 악하기도 한 이는 마땅히 인간 세상에 다시 나오게 됩니다. 부모가 될 인연있는 이가 서로 교합할 때 이를 놓치지 않고 자식으로 태어나게 됩니다.

　청정한 착한 덕을 닦은 사람은 저승길을 갈 때 사방에서 서늘한 바람이 불어오는데 그 바람이 매우 향기롭습니다. 가지가지 향이 그 몸 위에 쏟아지고 모든 기악 소리가 서로 화합하여 울리며 동산 가운데 수목과 꽃과 열매가 죄다 무성한 것을 보고는 그리로 가고자 합니다.
　바로 이때 그 사람은 저절로 도리천상에 태어나게 됩니다.

　그러므로 때가 되어 이 생을 마감할 때 받아야 하는 것과 어디에 다시 태어나느냐 하는 것은 바로 나 자신이 지은 결과입니다. 스스로 닦지 않고는 외롭고 두려운 그 순간에 도울 이는 아무도 없습니다.

길을 가면 길이 보인다

초판 1쇄 펴낸날   2001년 5월 4일
초판 2쇄 펴낸날   2004년 2월 25일

지 은 이   강창민
펴 낸 이   이정옥
펴 낸 곳   평민사
           서울시 서대문구 남가좌2동 370-40
           전화 (代)02 · 375-8571
           팩스 02 · 375-8573
이메일   pms1976@korea.com
홈페이지   www.pyungminsa.co.kr
등록번호   제10-328호
  값   7,000원

ISBN 89-7115-344-X   03810

• 인지가 없거나 잘못 만들어진 책은 교환해 드립니다.